寻找
生命的感动

安谅

/著

百花洲文艺出版社
BAIHUAZHOU LITERATURE AND ART PRESS

目录

冬宫　拷问我的想象

其实，是一种真相

那些催人泪下的时刻

向自己道歉

躺着的丰碑

冬宫

拷问我的
想象

冬宫

拷问我的
　　想象

冬宫 拷问我的想象

到圣彼得堡，自然要去看闻名遐迩的冬宫。

没想到，汽车一拐上涅瓦河畔的大道，还没见到什么巍峨的高楼，导游就伸手一指：喏，这就是冬宫。冬宫，就是这样低矮地蛰居在平静悠悠的涅瓦河畔的建筑？心里暗想：我们外滩哪一幢高楼都比之高大伟岸雄奇得多。然而再仔细地端详，冬宫的富贵华丽、恢宏精美的气质就愈益浓郁生发，那种辉煌夺人眼球，摄人魂魄。

确实不能小看了这仅有三层的楼房。它沿涅瓦河一字排开，长约230米，宽有140米，而高度不过22米，但几百年来，它以自己独有的形态和风格，征服了世人。在蓝天白云和河流的温情呵护之间，它的雄性壮美，熠熠生辉。整体建筑气势如虹。早在19世纪中叶，当时的俄国就颁布了一项特别法律，圣彼得堡所有的建筑，除了教堂之外，都不得超过冬宫。在二十一世纪的今天，笔者在圣彼得堡建筑保护委员会考察交流时，这个委员会的主席还颇为自豪地介绍，他们坚持限高至今，无论什么时候，都没有突破，这是这座城市的骄傲。诚然斯言，站在涅瓦河畔的桥梁上，极目两岸，建筑与天空的黄金分割比例，仿佛在这里发挥到了极致，天空是美的，河流是美的，而人为的建筑也是十分和谐的。我不禁感慨：中国古人推崇的"天人合一"，在西方的建筑不也有异曲同工之妙吗？

走近冬宫，这巴洛克式建筑风采更加绚烂。蔚蓝色与白色相间，外部结构和装饰注重严格规整，雕饰也丰富气派。阿特拉斯的巨神群像提升了一种艺术震撼。而四周的柱廊，对称相应，又平添几分庄严。令人称奇的是：冬宫在壮观之余，一些细部的雕饰精致入微，颇见匠心独运。这种精致，在外墙楼角，在窗上饰框，也在浮雕的布设上充分展现，且不说室内的装潢是修旧如旧，保持了原创风格。紧挨着冬宫行走，艺术想象的翅膀会情不自禁地舒展，这一刻无比美好。

但是，还是难以想象，这样一个建筑，在我们的脑海里是与战争、起义、炮火一类的字眼所关联的，而如今竟是完好无损，它竟然是当今最大最古老的博物馆，它的馆藏一点也不逊于卢浮宫！据史料记载，叶卡捷琳娜二世，十八世纪的俄国女皇，最初从德国购置了数百幅名画，藏于楼内，并将此楼命名为"艾尔米塔奇"（隐宫）。从此开始，冬宫开始兼容并蓄天下宝物。直至今天，这巨大的博物馆已拥有各类珍贵藏品达到270余万件。这些藏品有代表史前文化的物品，也有来自巴比伦文化的埃及艺术作品，以欧洲国家为主的油画和雕刻是这里的主角，俄罗斯本身的艺术品自然也添列其中，由此产生了巨大的艺术震撼力。这里有几处本文不能不点到。在小埃尔米塔室的铁孔雀是天下一奇，那个金灿灿的铁孔雀，栩栩如生，翅膀上镶嵌了许多粲然夺目的宝石，这铁孔雀和另一只铁山鸡、铁猫头鹰组合成一台精彩的演绎。当工作人员启动发条后，孔雀会缓缓开屏，而且张着美丽夺目的翅膀旋转，铁山鸡则发出咿啾的鸣声，猫头鹰的双目炯炯，也有一次华丽的转身，给所有游客都带来惊喜和欢笑。列奥纳多·达·芬奇的《圣母丽达》也是观众瞩目之处。它和卢浮宫的《蒙娜丽莎的微笑》一样散发着迷人的艺术魅力。圣母那份安详，凝视一刻足以回味终生！伦勃朗，这位荷兰伟大的写生派画家，也在这里展示了他的天才的杰作。彼得大帝创造了圣彼得堡的奇迹，他被后人尊崇也是情理之中。冬宫就有彼得大帝的专门展厅，彼得大帝生前的用品，在这令人驻足。他的蜡坐像，更是令人注目。据说，蜡坐像的头发是其本人的真发，由此可见馆藏如何珍贵了。

在冬宫，真的难以想象，据说有1.5万幅绘画，1.2万件雕塑，60万幅线条画作品，100万块硬币和证章，22.4万件古代家具、瓷器、金银制品、宝石与象牙工艺品。它们和冬宫自身的建筑，相互辉映，从而使得这个建筑宫殿更加富有内涵，更加具有生命力。

这本来属于皇室的冬宫，初建于1754－1762年，战火中两度毁建。我更难以想象，站在涅瓦河对面，今天还可看见20世纪初的"阿芙乐尔"舰，它的炮口仍然直对着冬宫。当时，只要它发怒，冬宫迅即残破不全了。那时资产阶级政府正占据冬宫，那隆隆的炮火一定会让十月革命者十分解渴，那些大理石，孔雀石以及包金、镀铜装饰，也许瞬间灰飞烟灭。但这一切并未发生。它只是放了一下"空炮"，作为攻打冬宫的信号。冬宫完好无损，依然静卧在涅瓦河畔，并更具魅力。俄国人，这一点，真让人佩服！

在广场中央，又见一根纪念柱，名叫亚历山大纪念柱，高耸入云。据说，它重达600吨，是用整块花岗石制作而成的，它稳稳地站立在基石上，一切靠的是自身力量，顶尖有个天使，又给人以诸多想象……

　　冬宫/你以你的恢宏和瑰丽/改变了我的印象

　　阿芙乐尔号巡洋舰的炮轰/和工人士兵的起义/熔铸了你的形象

　　叶卡捷琳娜二世的珍藏/被一丝硝烟/粗暴地遮挡

　　十月革命/还你清雅和/艾尔米塔什的芳香

　　拉斐尔长廊/溅起/世人惊奇的击掌

埃米尔塔什宫/绽放/孔雀开屏的灿烂金光

伦勃朗/让浪子回头/丹娜埃也令人神往

达·芬奇/令游客止步/圣母丽达何等安详

这古老的绿色的建筑/本身就是/涅瓦河畔的艺术张扬

真像一个套娃/层层叠叠/拷问着我的想象

卢浮宫和大都会/一定妒羡/你的无可比拟的库藏

我匆匆一瞥/也把你/收进自己的心房

普希金，我失礼了

我少时莫大的遗憾，就是未能与普希金生于同一年代，因为那就永远失去了和诗人饮酒论诗、促膝论文的机会。可以想见，这一次俄罗斯之行，我对拜谒普希金故居是多么憧憬。很遗憾，这一次还是被搞砸了。

在莫斯科，我已在普希金与其娇妻的双人雕塑前，无限虔诚地留了影。凝望着凝固的普希金，他那音乐一般的诗句又在我的心里流淌：假如生活欺骗了你，不要忧伤，不要心急，忧郁的日子里需要镇静，相信吧！快乐的日子将会来临。

……

可到了圣彼得堡，一切都被一个导游给忽悠了。这个导游其实是一个中国留学生。他是在读书之余揽上这份为国人做导游的活。小伙子二十左右，在这个年龄，吾辈不少人已熟读甚至能背诵普希金的诗了。作为当时的文学青年，我的抽屉里已积淀了百十首诗作，虽然未公开发表，但那份澎湃诗情，至今仍难抑制。小伙子本来蛮可爱，有问必答，显得热情而从容。一路上按既定的景点线路，倒也顺顺当当。圣彼得堡如贵妇人一般的神韵让人颇有感受。在车上，小伙子竭力向我们介绍了涅瓦河畔的夜景，说是在涅瓦河畔游览，更能感受这座城市的魅力，船上还有民族歌舞，有美食小吃，不游的话，一定十分遗憾。我们被说动了，也没在意要加多少钱，反正晚上空着，就让他赶紧预订了。到了下午，我还惦记着普希金，惦记着皇村，连忙催问何时到皇村参观，小伙子似乎很诚恳地说："你看，都下雨了，再去皇村已来不及了，到了也该关门了。"我有点发急："那怎么行，皇村一定要去看的。""但去了也关门了，还要耽搁我们上船游涅瓦河。"小伙子说。小伙子是这里的权威，既然这么说了，去了就折腾了，我顿时感到怅然若失，直后悔怎么就没提个醒，拉掉一个景点，也可去皇村看看呀。同伴们心是向着我的，对导游事先不告知也都有不满。但事已至此，也不能扫了后边的游兴，也只能就此安排了。我不吭声，大家也就作罢了。或许涅瓦河上的游览可以找回那份愉悦吧。

满怀期望地登上了游船，可船刚出码头，就明显感觉上导游当了。船舱逼仄压抑自不用说，两旁的玻璃窗紧紧封闭着，也感觉不爽。表演的明显是一个草台班子，歌之舞之，倒有点俄罗斯味道，可品位并不佳。每一段表演之后，到游客身边又咕噜和舞蹈一番。这粗俗的热情，有些让人承受不住。末了，还变着法子要小费，你不给，她（或他）就在你身边逗留不走，搞得也挺狼狈。小伙子在一旁闭目养神。后来知道，导游之前报的价是包含小费的，但他装模作样，最后我们只能多掏了小费，至少不想当场让俄罗斯人下不来台。那晚的游览效果可想而知，心情不佳，再好的景致也要大打折扣了。我们这个文化贫乏的小伙子拿走了精髓，可给了我们粗鄙，感觉实在不妙。小伙子是知道普希金的，但他绝没有我们这上了年纪的人对诗人的挚爱和感佩。俄罗斯人自然对普希金也是颇感骄傲自豪，甚至有些顶礼膜拜，据说，20人就拥有一套普希金诗集，于此可见一斑了。可在俄罗斯，我还是与皇村失之交臂。

那天清晨，我很早即醒，写了一首三十六行诗，写给普希金：

你是诗歌王子/讴歌大海/讴歌爱情、自由

你音乐一般的诗句/长久地/在我的心灵鸣奏

我少时莫大的遗憾/是未能与你/生于同一年代

那就永远失去了/和你饮酒作诗/促膝论文

甚至于不能/阻止你无聊的决斗/乃至抛弃了所有

这是诗的悲哀/也是人类的滑铁卢/时间仿佛已经停留

然而真的失礼了/皇村，我竟擦肩而过/一切迷失于一个文化贫血的导游

就像多年鬼使神差/我弃最爱的文学而走/至今在诗歌之门晃悠

我看见你的海了/波罗的海/那么平静悠悠

那是你诗歌的元素/是充满激情的因子/此刻竟会如此安谧

也许决斗使你解脱/死亡/让你走向了真正的自由

普希金/为何到了你的故乡/我却这么轻易就被忽悠

……

太近的灾难

　　五月，本来是一个红火的季节，现在，它让国人的心中多了一道伤口，永远无法结痂的伤口。今年（2011年）5月12日，汶川地震三周年。想起了这几年频发的一连串的灾难，不由得又陷入一种沉思之中。

　　三年前，汶川地震的实景通过电视画面残酷地展示在国人面前，让我们身临其境，仿佛就在我们眼前发生似的。惨烈的镜头，令我们震惊、悲恸，又为其中不断呈现的人间大爱而深深感动。那几天晚上，我都守候在电视机前，眼泪几乎都来不及擦拭，任其潺潺流淌。是的，如果说，1976年的唐山大地震令世人震惊，那么，汶川大地震，带来的是更巨大的震惊。这并非震级决定，因为现代的媒体时时刻刻都把我们的弦绷得很紧，也因为，开始富裕和更加理性的国人，对生命，对同胞又有了更多的尊重。而抗震救灾中，一个个充满人性的镜头和故事，又再一次冲击了国人的灵魂，多少人泪水潸然，那是对心灵的一次洗濯。行军礼的小男孩，用自己的奶水喂哺伤员的女干警，乃至用自行车扛着遇难妻子的中年男子……都引发了多少唏嘘和感喟。汶川地震，也让国人更加团结，大家不约而同地投身各种方式的抗震救灾的工作之中。我在地震的第二天，便写了一首诗歌，题目为《四川，我们和你在一起》。很快见报，成为国内正式报刊最先发表的有关汶川地震的诗歌，也引起一片响应，成为一些专家学者关注的现象。这些日子，据说很多地方的刑事案件等也有明显下降，灾难的突来，有一种威慑力，也有一种人心的向善力。

之后，2010年8月7日舟曲又爆发了巨大的泥石流，吞噬了多少生命！自然的现实，又一次重重地撞击着国人。面对洪水和淤泥里依旧掩埋着的同胞的尸体，深切的疼痛，在国人的心里剧烈发生着。多少人夜不能寐，多少人泪不能止。又有多少人又一次投身捐献或者志愿者的队伍，向需要帮忙的同胞，伸出了援助的手。

泪纷纷洒落。这泪不只是悲悯，还凝聚着一种真情，凝聚着一种深挚的感动。国人的心，仿佛也更近了。

多少动人的故事也不断地在发生着，有一段时间，我被电视报道中的香港男子阿福的事迹深深感动。这位生于香港长于香港的男人，将在危难之中拯救受难者为己任，无数次义无反顾地走向了灾难现场。四十又六了，他尚未娶妻也无子嗣，但十年来，他志愿为公益而奔忙，从容淡定，把厚实的爱给了最期盼帮助的孩子。玉树地震之后，他迅速赶赴现场。那一天，正巧在孤儿院，地震发生了，他完全可以脱逃，但他把孤儿院师生的生命看得很重很重。他拼死要把他们拽出死亡的影子。那一幕在电视屏幕传送，我看得十分真切：他最后的一抹微笑，仍是憨憨的，还在关注别人。那微笑所迸发出的力量，惊天动地，让山脊挺直。

我真正的感叹是：谁说这并非英雄的时代，这时代最珍贵的，一定是大爱无疆！英雄阿福呀，用他的深爱，用他的行动，又做出了崭新而实在的诠释！

四月的玉树，揪紧了亿万人的心。你是祖国的伤痛，那骤然而至的震裂，撕碎了多少人的神经，也惊醒了世俗的懵懂。四月，飘逝的灵魂，不会远去，已矗立成那一棵棵青松。祖国呀，我们都在为你祈福，玉树临风，你会在四月还大地一个神奇的激动！

四月又让随之而来的五月更增加了一份凝重，成为国人的难忘的月份！是应该感伤还是激奋？

我们无法躲避，但我们可以选择应对！

我们可能失败，但必须尽心竭力！

在大自然的灾难面前，我们沉思。沉思，就是为了获取明天的自信。

有一位同事就曾对我说过，经历了这几次大的灾难，他觉得人与人之间又多了一番亲情和关切。原本"各人自扫门前雪"的邻居街坊，也亲密许多。相同的命运，会促成人们互相有更多的感情的交流甚或依赖。大家是作为人类这个整体的一份子，才在同一个地球生活的，没有理由互不理睬甚或心生隔阂。

今年日本特大地震和海啸，又一次冲击着国人。灾难，又一次如此近距离地再现在我们的面前，即便是曾经对中国犯下滔天罪行的日本国，我们也不可能无动于衷。作为次生灾害的核电能的泄露，也引起世人的关注，心都被揪紧了，也为日本人民祈福，但愿平安吉祥。

太近的灾难，不会让我们犹豫什么，彷徨几多。原来人间有爱，人间大爱是至高无上的爱呀，在大灾大难面前，我们需要淡定，需要坚韧，但我们同样需要用爱去挽救那些受伤的心灵。

太近的灾难，也让我们懂得许多，彻悟许多。人类本来就是一个地球村的人，在艰难中要抱团取暖，在社会生活中，也要互相支持和关切。人啊人，只要有爱，就没有什么可以畏惧的灾难。

让灾难成为人类的一次洗礼吧。这样，人类的发展，才会继往开来！

围脖很美

经不住一伙朋友的怂恿，我竟然也去开设了一个微博。没想到，这个微博世界很精彩，还挺有趣的。今年冬天，天南地北都很冷，有的地方已突破了三十年的极值，而"围脖"给我带来了一抹暖意，让这些日子有春天的感觉。

我平生发的第一条微博，说的是大西北的冷。外面天寒地冻，到处都是白皑皑的雪。很快我就收到了好几则来自全国各地的博友的响应。大多是陌生的名字。有的直言：难得的好景致呀；有的谆谆叮嘱，多多保暖，注意保重呀。俨然老友一般。有几位老友也是殷殷深情，送来祝福和抚慰。

我即兴创作了几篇微小说。其中一篇题为"黉夜"：有敲门声，他打开门，空无一人。翌日醒来，发现桌上留有纸条，上写："本想劫掠你的，看你家徒四壁，比我还穷，罢了。"他笑了，几颗纯金牙齿露了出来，闪闪发亮。迅即有人转发。我将一首新近发表于《扬子江诗刊》的一首《雪崩》登上了微博："粲然一笑/在阳光温柔的注视下/放飞洁白/奔溅激昂/成为天地无声的绝响。"赢来一片赞美的笑脸，赏心又悦目，比诗歌更美丽。

我连续几天频发微博，网主赐予我"微博控"，我笑纳了，心想一定再接再厉。当然不是因为我的微博令自己回味，是大海的浪花一样纷繁而绚丽，田野山崖的花儿一般的绽放而鲜艳，才使这"围脖"天地生机盎然，美轮美奂。其中，闪耀着人性光辉的片言只语甚或故事与人，都让人心生感动，倍感温馨。

一位微博友从北京发来一则信息。说是一条宠物狗无人照看，一定是患病了，可怜兮兮地孤独地躺在一个院落里。博友连同信息还附上了一张照片。此事立即引起博友们的一片热议。转发微博者也不计其数。很快，同情的议论转变为一片关切的询问，询问又转变成一场爱心的行动。大家问地址，出主意，紧急动员。直至北京一位博友发了微博："我已安排此狗进了医院，目前情况良好，请大家放心。"这场爱心行动才告一段落。其间，很多微博友焦灼、担忧，又为这美好的过程和结局热泪盈眶。在这场人对狗的爱心行动中，人的精神仿佛也得到了升华。这也是围脖世界带来的神奇和魅力。

某一天，我还看到了一则微博，是一个叫潘少拉的女孩发布的一个消息，叙述得很平淡，却令人悲痛而又感动。她说：妈妈昨天来电，说哥哥心脏病突发猝死，33岁，悲痛之余想告诉大家，感冒吃了抗生素后千万别喝酒。医生没有这样叮嘱，药品说明书也没有强调，但事实就是这样……只能以这种方式转告各位，请大家转发，保重。

我的心弦被拨动了，泪已湿润了眼眶。一个女孩，用这样平静的口吻，向众人述说，其实是饱含了多少感伤，多少眼泪，多少无法追悔的痛苦呀！她通过"围脖"世界传递的，是一种至情至善，是一种大慈大悲，也是对哥哥的一种深挚的悼念。我在送上一句"节哀"之后，也立即投入到了转发的行列。应该让更多的人知道生活的科学，知道一个女孩的真心，知道这世界虽有死亡的威胁，但毕竟是充满着爱的。我也向这陌生的女孩，致以深深的敬意！

还是在"围脖"世界，一个叫丽荷的女孩，身患重病。唯一能救回她生命的方法，便是让5岁的弟弟输血给她。当医生征询小男孩，是否愿意给姐姐输血时，他只迟疑了半秒钟，便回答我愿意，在输血时，他微笑地看着姐姐，然后脸色苍白地又问医生："我会马上死去吗？"那一瞬间，让很多人感动落泪。这小男孩还以为要将自己的血全部输给姐姐呢。这是一个多么纯洁可爱的孩子呀！

这一故事被频频转发，"围脖"世界流淌着一种深情，温馨而美丽，让人忘了窗外天地的凛冽。

有一个孩子走失了，父母亲心力交瘁。马上有微博披露了，让广大博友寻找线索，密切关注，伸出友爱之手。

有一位老者遇到了非礼，大家共同声援，谴责劣行，安抚老人那一颗受伤的心……

在"围脖"世界里徜徉，有春风漾动，温暖和煦，心旷神怡，会会老朋友，见见新朋友，一天不溜达，就缺了觉一样，精神不振，心情不爽。

听说，"织围脖"的人愈来愈多了，全世界每天的微博产量不是以亿计，恐怕早到"兆"一级了，上微博的人也五花八门，各有企图，各有手段。述痛苦，泄私愤的也不乏其人。当然也有人对此不以为然，不追逐，不涉足。但我多么渴望这个世界的风景永远独特别致呀！

我一定是太奢求了，获得一丝春意，就希望拥有永久的春天。我也知道"围脖"世界不会像喀喇昆仑山的亿万年的雪山一样纯净。但我真的期盼，所有的博友，都能够充满善良，心存着这个美好的愿望。

就借助朋友的一句微博，再传递一下自己的心声：在地上种了菜，就不易长草，心中有善，就不易生恶。心美看什么都美！

为了"围脖"世界的美丽，请各位手下留情了。

到处是黄金

一

这里曾经冷冷清清，当其他馆熙熙攘攘，人山人海时，这里几乎可用鸦雀无声来形容了。

五月，世博会开幕伊始，我来到了这里，城市最佳实践区，这拗口而且还颇费猜测的称呼，倘若不是有高人指点，我大约无暇也无心光顾这一区域。

在沪上生态家的门口，竟发觉一位建科院的老友等候着。原来他是这个馆的具体负责人。老友用热诚叩开了我的心扉，我走进沪上生态家，就被具有浓郁上海风情又不乏技术亮点的各类展示和实物所深深吸引，有些技术，以前也曾领略，但如此集中于一体，并凝练而又平易近人的展示，本身就是一种艺术。

15万块老石库门的门砖，有的还编了号码，就镶嵌在建筑物的一些重要部位，骄傲而又不显赫，固守着一种应有的地位。老虎窗，山墙，里弄等上海住宅的元素，与生态环保的爬膝绿化，透水铺地，景观水体和自然通风等融为一体，巧妙睿智，令人驻足惊叹。

老友娓娓道来：PC预制式多功能阳台、BIPV非晶硅薄膜光伏发电系统、自然通风强化技术、夏热冬冷气候适应性围护结构、天然采光和室内LED照明、燃料电池家庭能源中心、固废再生轻质内隔墙、生活垃圾资源区、家用机器人服务系统、智能集成管理和家庭远程医疗等，十大亮点，诠释世博主题，演绎现代最新理念。

我感叹，这幢楼拥有多少黄金呀！是的，是黄金！熠熠闪亮着，却少有人认知。默默存在着，竟未有更多人发掘。这分明是一幢弥足珍贵的黄金屋，现代化的黄金王国呀！

后来又走了许多案例馆。观者稀落，倒可以看得从容和惬意。还信手拈来几首小诗，这里摘录一首，从中可见一斑。

《贝丁顿零碳小区》贝丁顿／她是真正的主角／抓住了所有人的眼球／她一定不是明星／在世界舞台上作秀／／建筑是零碳的／内饰是零碳的／家具也是零碳的／连电器也可以是零碳的／在零碳的田园／你尽管可以苦思冥想／紧皱眉头／／我到零碳餐厅小憩了／点了一杯饮料／叫零碳啤酒／呵呵，清香爽口！(注：贝丁顿小区是世界第一个零二氧化碳排放社区。)

再后来，听说，城市最佳实践区也时兴排队了，也足见黄金总会有闪光的一天！俗了点，却很贴切！

二

世博会尚未启幕，很多热心人开始担忧了：酷暑时节，烈日当空，如织的游客如何抵御热浪阵阵？一天数十万人涌入，这如厕的难堪是否会频频出现？偌大的世博场馆，还要穿越浦东浦西，交通组织也许只是一种梦幻了？

种种疑问都抛向媒体，世博局和政府各部门。而4月20日，犹如滑铁卢战役，又让世博局面临巨大的压力和责难，也让许多人充满怀疑。

4月20日，世博会演练的第一天。20万人有幸最先浏览世博园。但他们很快失望并且抱怨不断。这名声遐迩的金矿，像突然涌来一批疯狂的掘金者一般，无序、混乱、人满为患。我与同行作为贵宾身份参加演练，被游客推来搡去，被早已预约的展馆拒之门外，被突如其来的暴风雨阻碍了前行，最后提前黯然离开。

这一天，各方媒体竞相报道，有一家海外媒体竟然用黑字体赫然报道：上海人，这回真丢脸了！

我相信，这一时间，不仅是世博局，上海人，还有全中国关心关注更关爱上海世博会的所有人，都不无忧虑，手心里都捏一把汗！

然而，这一次释放问题的真正演练，也是锻炼队伍的一场苛刻的演练和考验，让后来的每一天更加有序。世博会渐入佳境，这丰富的金矿让人们大饱眼福，大开眼界。

多虑了，我们的热心人，世博交通的便捷，场内场外都井然有序，世博园内，舒适而且零碳排放的新能源车：超级电容车、燃料电池汽车、纯电动车和混合电动汽车，像风景一般呈现。水上巴士在黄浦江上划出美丽的涟漪。

世博骤降雨雾降温，送来的不啻是清凉，更是上海人黄金一般的真诚和实诚。

至于如厕，也该是一种享受，毫无拘谨窘迫之处。

世博局局长洪浩先生说：世博会厕所的设置就是一篇论文。男女如厕时间，都精确到以秒计算，从人性化角度，做了最周全的设计。

凡此种种，还有什么可以担忧的呢？

不必杞人忧天，是因为世博人早已经忧患和行动在先。

三

当世人都为这一届世博会的精彩而纷至沓来，啧啧称叹时，我想起了自己，更想起了创造与守护这金矿的所有的人们。

用一句老话说，我也是与世博会同呼吸、共命运的，从参与组织世博场馆的动迁、世博会配套建设和世博交通管理保障，我也憋了差不多七八年。这七八年。弹指一挥间，却有多少辛酸苦辣。我也从一个青年步入了壮年。心血挥洒在这一片土壤，生我育我的地方，是太大的幸运，无怨无悔！

当年，这里众多善良的居民们，迁徙了，腾出了这片空地。他们恋恋不舍，但最终割舍了小我，选择了大爱。他们用离开的方式，最为亲近地走向了世博，用离开的方式共同托举了这世博的太阳。

在紧挨着世博馆的上南路上，我碰到了一位熟人。姓穆，是世博动迁户，也是当时居委会的干部。当年，他夜以继日在动迁现场，用真心真情，获得理解和支持。现在，世博平安保障任务又落在他的肩膀上。他黧黑的脸，总是笑眯眯的，说到世博，总是神采飞扬。那眉宇间闪烁着一种兴奋和自豪。

我握着他的手，手，也是热乎乎的。我紧紧攥着，深情地握着，我的泪已充满眼眶。我总是被那些平凡的，却拥有真情实意的人所深深感动！

我在世博会门口也见到了自己的一个部下，当然更是朋友。当年，我把他从一个比较安逸的岗位拽了出来，他还很不情愿。这么些年，无论是世博家园的建设，还是被委以世博园区建设协调的重任，他干得很投入，家顾不上了，人更显老相了，但精神特别得好！他感谢我给了他机会，我说，不，是你创造了机会。是你与许多人一起，终于创造了又一个人间的神话。

是的，我想起了许许多多的人。那些领导为世博殚精竭虑，那些为世博默默奉献的支持者和参与者们，那些居民，那些外来务工者，还有那些活跃在世博现场的"小白菜"们……

是的，我觉得，这里到处是黄金，不仅是建筑精品、技术含量、管理水平。还有人，每一个为世博哪怕做出一点贡献的人，所有的人，他们都具有黄金一般的心灵，他们是真正难能可贵的黄金呀！

四

暖风吹拂，故乡的风湿润和甜蜜。世博会还在精彩地上演着，在这片热土，正绽放美丽。

此刻，我心情激奋。明天，我将暂别这座奇迹频出的城市，奔向遥远的雪山冰川和大漠草原。哦，那里也是开放的一块热土呀！

我忽然感悟：对奋斗者来说，只要创造，就到处会有黄金！黄金绝不吝啬于孜孜以求者。

世博会，不就是这样一种精神的典型体现吗！

祝福世博，祝福祖国，祝福所有黄金般真挚的人们！

无　风

　　站在阿拉山口哨所，风几无止息，衣衫乱卷，哨所的铁门也得用力扯住了，要不风就大发淫威，将门重重地撞上。

　　这样的风力，在这片平坦的山坳，亮相频频，呼声阵阵，不知是它也青睐这广袤的绿浪，抑或对这一片宁静的天地，掩饰不住一波又一波的醋意。一年100天以上，8级风力。阿拉山口边防连的史志上，记录着这一段文字。力透纸背。

　　我是在炽热的夏日，登临祖国大西北这一普通的哨所的，它和著名的小白杨哨所（歌曲《一棵小白杨》就出自于此）相距并不太远。三伏天气，又恰正午。巴尔鲁克山的青青草原，更显阳光的灼烫，阳光直直地逼视，心都会禁不住战栗。不寒而栗。而风，也热浪一样地扑来，几乎难以站立，在这风口上感受一天，也许真是稀奇和浪漫，而战士们，却是一呆数年，几乎天天在此站岗放哨，这需要多么坚强的体魄和坚定的毅力！

还有不远处的阿拉尔山口岸，车来车往，各色人等，不乏捞世界鼓了自己的腰包的。那也是一种风，时不时在吹打着清贫而又辛苦的战士们，企图剥蚀着哨所营房的屋墙。

树欲静，而风不止。风，它究竟会制造出什么样的事端和麻烦呢？我踏进简陋而又规整的营房，抬眼就望见了那立在山坡上的几行大字：大风吹不动，诱惑打不动，强敌撼不动。这几行字大气磅礴，有一种凛然之感，不可随意侵犯，继而，我又久久地凝望山冈上的那一块顶风石。它沉静而内敛，它无语而又凝重，它在风的肆虐之中，傲然挺胸，无所畏惧，像一艘迎风破浪的船帆，在风的波浪中绝不沉沦，绝不言败！

其实，无论是在生活的道路上，还是在事业的跋涉中，风总是不可避免的，是被风轻易地吹垮乃至扼杀，还是在风中把住航舵，站稳脚跟，这实实在在是一个关键。风也是各式各样的，它有时也会带着某种诱人的色味出现，有时也笑里藏刀似的留在你身边，它凶猛，它强悍，但它也诡谲，也阴险，也一眼不可识破。

总之，它并不以你的意志为转移，它无孔不入，它无处不在，它说变脸就变脸，说要来就立马而来。不可捉摸。

知悉了风，掌握了风，也就可以从容不迫了！这正是一种很高的境界了！

不，我还要说，还有一种更高的致远的境界，它更超然更纯粹，也更具藐视精神，有一种天下无敌之大气概！

这就叫：无风！

在阿拉山边防连的营房正门口，还矗立着一块巨大的山石，上面镌刻这两个大字，浓浓的血色。我又一次被震撼了，我触摸到了战士们的精神，中国军人的军魂！

这也该是一个大写的人的灵魂吧！

一棵树

  这一定不是巧合。在我的血脉里，在我的骨髓中，一棵树，早已发轫，并且潜滋暗长，已渗透了我的身心。我某一天发现，我对于一棵树的描述、寄寓和联想，竟然从幼年直至如今人到中年，每个时期均未间断。虽然有时笔墨的色泽不一，叙及的视角也各有不同。

  这些诗文，不仅对某一个时期来说具有无可辩驳的特征和作用。即便现在读来，仍感动着我，激励着我，情感充沛，意气风发。更有一股子青春豪气和人生经历之后的颖悟感喟。

  树根。是树的灵魂。不显山露水，却缄默着这一个庞大的世界。这个世界的风光，都给了树干和枝叶。它埋藏在地底之下，却捍卫和挺举着一种高贵的生命的尊严。

  并不是喧闹的生命才最辉煌。天地之间还有一种无声的歌，紧扣大地的脉搏，在土被里震荡。

无疑，你曾经是被埋没者，可谁能说被埋没就一定意味着悲悯和无望？你显然又是丑陋的，但心灵的丑陋才是美的消亡！

如今，虬曲蓬乱的须发，沾满泥土的黑褐色的骨骼都被强行曝光，你更沉默了，绿色的沉甸甸的记忆和被肆虐的风暴折断的脊梁，在夕阳里，竟凝为一片悲怆！

你毕竟是大地的儿子。

当你终于从沉沦的痛苦中昂然自拔，勇敢而自信地接受艺术的整容，又有谁不惊叹你的仪态万方和刚强！

哦，正是因为你，我才深深懂得：作为人所应该具备的形象！

二十多岁。我也算是在一个青年工作岗位上，让青春飞扬着。

我是敏感和理性融于一身。青春舞台上的轻飘和浮躁之气，也让我嗅觉到了，并化为诗文，成为座右铭，及时警醒自己。这一篇短小的散文诗，当年发表在上海青年刊物的扉页上了，让许多同龄诵读并牢记了。一位长我二十岁的部队转业干部，在机关任要职，工作之余，就时常到我办公室，兴致盎然地背诵一遍，对此文的立意和意境夸赞有余。

就像青春一样，激情容易外露，而含蓄总欠不足，这首诗文的直露，还是一览无余的。

那年，我还创作了一首小诗，叫《岩松》。发表在了《解放日报》朝花文艺副刊上。

> 所有的日子，都痴立成一种美丽的渴望。面对迷乱如星群的时空，常绿着有韵的遐想，即使蔓草潜滋暗长。落日的句号沉甸甸的，无数次剥蚀执拗的视影。簇簇浓烈的孤傲，都绝不会，一片片碎裂。也许咬定了苍翠的岩芯，寂寞的山巅也不再寂寞。

也许比前一首稍显深沉了，那种铿锵锐气，还是剑光毕现。

时光荏苒。几多拼搏，几多感悟，几多春秋，几多沉浮。事业的，感情的，健康的，家庭的和社会的种种细微的波动和跌宕的变迁，都是对人心的历练。

视线和思路又无数次转向了树木。那些沉默如金，风不止而不得清静的树木。

它们在城市、乡村无处不在。总能跳进我的眼帘，吻合我们的心境，成为我们各种心思和情绪的代言。

人过四十而不惑。从大都市一步跨入大戈壁，撞见大沙漠，树就越发显得伟岸和特别。

世事多变，人情冷暖，历史尘寰，茫茫大地，又留下了多少可歌可泣，顶天立地的事物。

一个北方女孩说，她三十多了，哪怕再晚，也要找到一个顶天立地的汉子，像树一样。

一个南方男孩说，我心中的偶像一个个都凋谢了，太经不起历史的炙烤。但那天我见到沙漠里的胡杨，我发现了自己真正的榜样，我甚感欣慰。

当榜样都如明艳的花朵，纷纷飘落。我还有你，伫立着，过一种顶天立地的生活。阴郁时，也仰望一下天空。风雨的戏弄，是为了放弃飞翔的幻想，催生沉着。一时的飘舞，是大智若愚。足下一步未挪，纵使弃于无尽的荒漠，也仪态万方，悠然地思索。学做一棵树，是一生的功课。长成一棵长明灯，闪亮的，是芳香和婆娑。

我某一日在大雪冰封的清寒凛冽之中，忽然瞥见了一棵树，我心忽地一热，感觉春天正向自己走来。

只是站在原地，风没让她欢舞。我走过，也走的是自己的路。在戈壁，她披一身的雪，让我想到了冰肌玉骨。不动声色，已摇落了一地孤独。天地很静，她更是宁静，在她边上，我加快了自己的心速。这个冷冽的季节，谁的歌，能触动心中的景物。放慢脚步，我回首一望，柔风恰好，惹她浅浅一笑。

所以，当一位素昧平生的小伙子问我，这世界什么值得你爱。我不假思索地回答，就从爱一棵树开始吧，迈出爱的无限绵长和深情款款的路，这一生就无惧孤独。

所以，当一位有志于在艺术舞台上独树一帜的朋友向我征询，下一步应该如何迈步。我殷切地告之，就打出一棵树的旗号吧，一棵树，就是一把利剑，他会在戈壁上闪亮，让艺术激情芬芳四溅！

于是就有了这一番遐思和期望：

找我长久站立的一处，朝着南方，种一棵树。不要高大茂密，也无需珍贵名木。就像我的身子，离群索居，抖落古沙漠万年的尘土。在我走了之后，支撑一片天地，凝结一个时代的孤独。从黎明到夜深，给看见过我的人，一种生命的感动。

片刻的忏悔

一

小车拐入北四环匝道时，那辆助动车忽然撞上了隔离栏杆，凝滞了片刻，车倾倒了，车上的人慢镜头似的也倒下了，不是那种带点挣扎的遽然地跌落，而是软绵绵地、四仰八叉地倒地，倒地后便一动不动了。

离我们七八米远，是初冬的傍晚，那人戴口罩、棉帽，看不清面目，凭形态，像是一个刚迈入老年的男子。

他自行撞上非机隔离的铁栏杆上。周边没车，也无人。这一点毫无疑问。我一刹那的疑惑是，他是因为目力不及，撞上去的，还是忽然晕眩，令助动车一时失控？

我的同行差不多同时，也"哟"了一声，随即立即判断："这人肯定是低血糖！"显然，他也瞥见了这一幕。我脑子则迅速反应排斥道："更有可能是脑溢血！"

应该实事求是地说，虽然迟疑了一会儿，眼睛已看不清那横陈大道的人和车，我还是说了一句："打个电话报救护吧。"同行也已提起手机，准备下一步的动作。这时司机不容置疑地发话了："千万别打！打了我们就走不了，接下去会很麻烦，我碰到过……"

我与同行面面相觑，竟都一下子失语了。而此时忽然生成的失语，之后却像沉重的铅块，长时间地堵在我的心口，搬挪不动，愈堵愈沉。

我为这失语，必定得付出代价。不是物质上的，是精神上的，而精神这类无法直观目睹的事物，我又是何等看重。

这是2013年的北京，我已届知天命之年。而我来过北京也已经无数次了。

司机是当地人。年龄大约与我相近。

二

拥挤的地铁站，像人满为患的火车站一样喧闹。

挤进车厢时，就是罐头里的沙丁鱼了。气喘不过来，心烦。磕磕碰碰也属自然。

吵嚷声起，一个中年男子，也算高大，带着标准的京腔，带着埋怨和斥责。那一边是几个异乡人，是湖北口音。他们手提或肩扛着行李包袱。也许是他与他们中的一位碰撞了，稍稍有点推搡。

争斗的架势，似乎已然展开。

其中的一位瘦高个儿，什么话都没说，忽然从兜里取出什么东西。但那眼珠子里是冒出火星子的。

只听见挨着他的中年男子喊叫起来："捅刀子了！他捅刀子了！"

挤作一团、几乎密不透风的乘客竟然闪开，迅即腾出了些许空间，还有人让出了座位。但谁都没吱声。唯有这男子痛苦地捂着肚腹，弯下了刚才还显高大的身躯，摸索着座位，嘴里还在无力地叫嚷着："杀人了，捅刀子了，把他抓住……"

没有任何人动弹。那个捅刀子的人也一言不发。我的眼睛却紧紧地盯视着他。

列车到站。那人与同伴目光对接了一下，迅速出了车门。中年男子的声音又加大了："抓住他，抓住他，他捅刀子了……"声力急迫而微弱。

依然没有人动弹。我却紧随瘦高个儿下了车，跟着他，一步不差。我的同伴也跟着我，还扯了扯我的衣袖，想要说什么。

我没留意，眼睛里就只有这个瘦高个了。

瘦高个发觉有人盯着他，想转个方向逃逸。我也转了方向，像钉子一般死死地咬住了他。

幸亏警察闻讯赶来，截住了他的去路……

事后，同伴说，你刚才是不要命了，你靠人家这么近，如果人家狗急跳墙，你一定吃大亏。

刚才我真的什么都没想，只有那个捅刀子的人在我眼里。

至今那一幕，还恍若在眼前，清晰如昨。

这是1988年的夏日，北京。那是我平生第一次到达神圣的首都。我正值青春韶华。

三

在通往天津的高速公路上，小车挪不动了。

下了车一看，前面一溜车，车屁股光冒烟，吼着声，不见动弹。

再往前走了走，是两辆车抢道，车没任何损坏，司机却较上劲了。先是张口对骂，之后大打出手，他们的同伴在劝，但仍在对骂，恨不得吃了对方。

车实实在在地挡了道。

后面车辆有使劲按喇叭的，但没人下车。

我下了车，看了看情况，暗骂一声，退回到车内，遂拿起写作本，写起字来。

前头又喧哗一片，声波高激。

说是两个汉子又干仗了，这回拿了家什，不流血伤亡，看来绝不会收兵。

我放下写作本，想推门下车。同行的朋友说话了："你别去管这闲事呀，这里人生地不熟的，万一有事叫天天不应，叫地地不灵的。何况人家也不知你是什么人，谁会买你账呀！"言之有理。我推门的手缩回去了。

我还是写我的字吧。

一篇千字文快收尾的时候，车才缓缓启动。

这是2006年的冬天。我赴京参加培训，前去天津考察。我已学会淡定。

四

一大早，浦江码头就人车汹涌了。

我上了车，置好自行车，从包里掏出一本书来。黄浦江并不很宽，但也得有十分钟左右的航行时间，我是笃信鲁迅先生所言的，时间是可以挤出来的，就像海绵挤出水一样。

忽然瞥见一个小男孩在攀爬水手梯。心就跟着悬在那儿了。

小男孩挎着书包，嬉戏玩乐。起先还在最低的几级，不久，就往上攀升。而船只在江波的推涌中摇晃，水手梯则离船侧只有几十公分。

我读不进书了。大声劝告小男孩，别再爬高了，当心呀。

小男孩笑嘻嘻的，并不理我。他继续爬上爬下的，让我的心，也忽上忽下的。

一舱的人，看见这一幕的人，大都是成年人，谁也没吭声。

我又劝说了几句。我真怕一个浪头打来，或者他稍不留神，就会被掀到舱外。

舱外的江水混浊奔腾，江底也有数十米深。每年都有人溺毙浦江，成为余江浮尸。

我为小男孩深深担忧。虽然毫不相识。

我终于憋不住了，从人群和自行车的缝隙中绕过去，走近了水手梯。小男孩站在了地板上，我的心也踏实了。

我如同赢得了一场比赛，心情愉悦地走回自己的位置。这时听见有人嘀咕了一句：人家小孩玩，关你什么事。

我未予理睬，我不知说这话的人是谁，但我以为他一定很冷血，对冷血的人，我充满鄙视。

那年我二十出头，还没有为人父。

五

毕业那会，我与她又续上了情弦。当然严格地说，那时中学念书，只是朦胧的一场早恋，牵过一次手，心有相许，其他什么都没发生。后来就又不再联系。

毕业之后重又往来，也是出自纯粹的情感。

一张洁白的纸，充满想象，十分美好。

那天中午，我们在十六铺码头进入了一家点心店。店堂食客寥寥。我们拣了一张桌子，坐下，点了馄饨、小笼。

刚吃上，有一位老太蹒跚走来，坐在了我们的边上。

老太一身的寒酸相，憔悴而又落魄。坐下后，也并没马上点单。

我不由得多看了两眼，心生怜悯。

这被女友察觉了，她悄声却语气坚决地对我说，"你敢搭理她，我就马上离开。"她漂亮的眼睛里，掠过一丝狠意。

我自然没与老太搭话，但我走时，故意在笼屉里吃剩了两只小笼包子。

我想这老太一定是饿了，不管何种原因，她是属于弱势群体的。

这件事虽然不是我们分手的主要缘由，但在我的心里烙印很深。

那时我也三十余岁，对未来期盼无限。

六

一连几日，微博都收到一封私信，说一个小女孩身患白血病，无钱治疗，危在旦夕，希望我帮忙转发一条信息，让更多人援手相助。上面还附有这个女孩的照片。可爱却苍白的脸，微笑流淌，却带着一丝与年龄并不相衬的忧郁。

我心有所动，却没有付诸行动。因为来信的是一个陌生人，我怕其中有诈。

过几日，看到主流媒体也报道了此事，很多人纷纷倾囊相助，我本想也捐一点钱款，一忙活，把这事给忘了。

那天去八佰伴，从自动扶梯下楼。在四楼电梯口，有一个小孩哭哭啼啼着，欲下又不敢下，挺危险的。我走过，禁不住想扶他上电梯的，倏忽打消了念头，我担心碰了他，他万一从电梯上跌滚下去，说也说不清楚。

楼下，一位老妈妈焦急地招呼他，也一时不知所措。我径直下楼离开了，我自己的事，还等着呢！

深夜的街巷，一位老伯摇摇晃晃地迎面走来。他是醉了，还是染上了重病？我避开了一段距离，我怕惹上什么麻烦。

……

我这是怎么了，失语、旁观、回避和置之不理，是代表成熟，还是表现淡定？当年的悲悯和爱心，都被时光磨蚀殆尽了吗？

如果一个人，连一点悲天悯人都没有了，他或她还有多少人味呢？

如果……

我忏悔。为自己，为现代许多人，也为这个时代的人性。

被岁月浸泡的友情

想了好久，还是没有采纳最初的题目：被岁月冲刷的友情。太有冲击力了，有点凌厉，有点冷意，下不了这手。

但是岁月确实锐不可当，确切地说，它是柔中有刚，犹如空气一般密不透风地围绕着你，渗透着你，不知不觉地推拥着你，腐蚀着你。友情，自然无法逃避。它令我们可以清晰感受到时间影响之深的一种特殊的事物。如果要让时光冲刷，大约只能所剩无几了，幸好，还留有许多，有的味道与之前已迥然不同，也许说浸泡，更具有准确性和深刻含意。

人真的是孤独行者。路途中，你会遇见一些人，有志同道合者，有心灵契合者，也有相见恨晚者。由此，铸就了一段友情，有的真是一段，甚至是一瞬，仅仅是邂逅的一刻光景，也许是在飞机上，也许是在某个公共场所，也许是在一次宴席之中。但别后就不再联系，不再有重逢的机会。也有的，在你生命中，不时闪亮、抑或陪伴一路，甚至出现后，就未曾在你生命中消失。这一段抑或这一路，是温馨的持久，回味的隽永，记忆的不舍，是人生的幸事。

但更多的友情，是淡淡地来，淡淡地去。说来就来，说走就走，悄无声息。不见有任何的征兆和提示。不能说没有刻骨铭心的，或许当时没有这种感觉，但许多年之后，在某一个时辰，会在记忆中闪现，在思考中跳跃，在咀嚼中咂咂有味，在想念中生出感叹。

很多友情，是不能随意评估的。你真不知道今天的友情，明天将会如何别去，而昔日的似乎已远逝的友情，是否还会在未来的日子发酵浓酽。

岁月的浸泡，本身就是创造神奇的过程，清淡的或许愈加清淡，浓重的或许愈加浓重。但淡浓之间的转换，更是大量的发生，让你无法预知。也难以把控，受制于时间，是所有人一世的宿命。健康乃至生命都被神秘的时间把持着，何况友情呢？谁能说它不是生活的一种奢侈品呢？

说点实在的吧。我年幼时有一位同窗，也是邻居，我们玩得比较好。某一天，他说他要随父母离开上海，到外省居住读书了。大约第一次品尝到了失落。浅浅的，当时无法比喻，也无从表达。今天想来，应该还有少年的忧伤。而且，我由此断定，我是一个讲义气，重感情的人，自小就显露无遗，随着时间的浸泡，愈发深沉浓烈。因为那一种质地，与我骨髓糅合相融，风雨是奈何不了它的，岁月会衬出它的品质来。

那位同学走后的第一个春节，我找到了他的地址，给他寄送了四张一套的年历片。当时年历片流行，彩色的年历片，被视为宝物。我从大人处获得后，毫不犹豫地寄给了他。表达了对他的想念和祝福。这也是我为友情寄出的第一封信。我自然得到了美好的反馈，他也给我回赠了贺卡，并同样真诚地祝福我，这段友情连同那张贺卡，被我小心翼翼地珍藏着。我心里的那部分时常为这个最早拥有的友情，不乏快乐，微漾一种叫做想念的波澜。我在等待友情更加绽放灿烂的季节。

数年之后，他又回沪了。我充满热情地迎上去，我发觉的却是全然一个陌生的形象。我连一句热情的话语都无法说出，握着的手，只是一种礼节。他的眸子里，也分明映出了另一个陌生的身影。我们被时光耍弄了，我们遭受了现实给予的小小的打击。找不到话题，也寻不见一丝感觉，两个半大的孩子，空怀着一腔曾经炽热的深情，在心里注视了对方好久，愣愣的。

不在一个班里读书，从此，期待的交往也没有阳光般地出现。疏远了，走岔了，成绩的落差，是表面症状，心灵的距离是深不可测的，高考之后，更不再见他，听说他好长时间没找着工作，生活很不如意，也时常和家人争吵。再后来，音讯全无，仿佛以前只是一缕梦，已飘然而逝。

我在远离上海的他乡，偶尔会浮想联翩，也会不经意地去盘点我的友情，而这段友情，我不知如何去归类或者妄断结论。掩饰不住的伤感，就像为我童年的匆匆逝去而忧伤一般，每每泛起，总想静静地闭上一会儿眼睛。也许现实的面貌真是不堪入目。我只有闭上眼睛，才能让心灵不要受到太多的骚扰。我得让心平静下来。我没有太多可以恍惚、沉郁抑或冥想的时间。

　　人生的这一路走来，又有多少友情经过岁月的浸泡，正在或已发生了变化呢？留有的是否还珍贵依然，逝去的，是否已然平淡？

　　在岁月不可阻挡的浸泡中，我是主动迎战，给友情装备一些精良的盔甲，还是随波逐流，随遇而安，随岁月浸泡出什么子丑寅卯来？

　　把守还是放弃，这实在是一个问题。

　　我说的也许太压抑了。生活并不是想象的那么难。其实，我还有很多友情，也经岁月的浸泡，愈益生动芬芳起来，只是这篇构思的短文，本就没准备多少容纳的空间，去连篇累牍地展示和炫耀那些华彩片段。

　　好在，岁月漫漫，我还有时间可以长歌当空，或者浅唱低吟。

　　某一个夜晚，我即兴写了一首小诗，后来被插上歌唱的翅膀，在传唱不已。或许，它正是我叙述友情的另一种方式。

在远离故乡的街头，瞥见一个幼时的朋友。他也瞅着我，像是探究一个人面怪兽。我走上前，伸出了手。他手掌粗糙，有点生硬，触碰中记忆悠悠。放开紧握的手时，往事飘来，一路清清溪流。

其实，是一种真相

其实，是一种真相

其实，是一种真相

　　我愈来愈喜欢"其实"这个词语。我的文章，包括我的诗行中，时不时会蹦跶出这个词来，让我的诗文或转折，或提升，或汩汩流淌，有了更广阔更深沉更富有想象的内涵来。

　　其实（你看，我禁不住又用上了这个词），生活中有很多事物，是需要依仗"其实"来巧妙过渡，和谐衔接，以至于达到某一种境界的。随着阅历增多，有许多东西越来越看明白了，也放得下，舍得多了。一些真实的面相也随之回还了，清晰了，显得更重要了。我得用几则故事来佐证这一说法，一定会更加准确而又生动的。

　　还是初中时，那时午间休息。我随几位同学在操场闲逛。后来又一齐趴在一楼的窗户往里看。那是紧挨着门道的一个办公室，是体育老师的办公室，一位我素来尊敬的老教师，据说当年他是一位乒乓国手，现在年纪大了，整个大腹便便的模样。此时他直躺在办公桌上睡午觉。已记不清当时是否有呼噜声响起。我们其中一位同学冷不丁说了一句："像头猪似的。"说完，我们便嘻嘻哈哈地离开了。没过多久，那老师腆着大肚子，摇摇晃晃地走近了我们，他径直走向我们，问道："是谁这么说的。"他虽一脸严肃，但语气还是带着一点和气。后来，他又以长者的口吻说道："我也不追究你们，但以后不要这样说，这是不对的。"而说此话的那位同学躲在人家背后，一副若无其事的样子。原本以为这事就过去了，谁料班主任老师在过道碰到我，扔了一句："你真的太不像样了。"我一愣，未及理解，也不容我分辩，老师已走了，扔给我一个冷冰冰的背影。我什么都没说，也无从述说，我此刻才知道，被冤枉原来是多么痛苦和伤悲的事！

其实，我要说，我从来不是一个出口不逊的孩子。

我不想辩解，不是我怯弱。而是，小时候有这样一种概念，如把同学说出来了，那我就是一个叛徒，是更被人鄙视的。其实，我是在委屈和被鄙视之间，选择了委屈。

其实，在那个青涩的年代。我也不算是纯净的孩子了。那年在工地学工劳动。我的脚后跟踩着了一根朝天的钉子，鲜血直流。我被打了破伤风针，并被送回了家。虽走路一瘸一瘸的，但毕竟还可走动，闲不住，憋得慌，就叫了隔壁的一位同学A陪伴。又一起打了公用电话，想把另一位在工厂学工的同学叫回来。电话是那位同学的班主任老师接的，她追问找这位同学有什么事情，我们鬼使神差，竟说道："他父亲工伤了，让他回家。"这事就有点闹大了。人家父亲好好的呢，这不是触人家霉头吗？同学气不过，料定是同学A使的招，就差点与他斗殴起来。A同学也不多解释，直到自己的父亲把他找回去，好好地教训了一顿。

真的，很抱歉，事情已过去了三十多年。我得说，其实，事情的始作俑者是我，与A同学真的无关。我也是浑浑噩噩撒了这么一个谎，原只想让同学捞一个假，一同玩耍，却不料惹出了这么大麻烦，冤枉你了，A同学。

此后，我与同学A也再无交往，至今，也毫无音讯。只是，我当年留给他的是年轻的创伤吧，那疤痕完全愈合了吗？我在他和他家人的心目中，是否已确定是一个坏孩子的印象呢？

小学念书那会儿，我也是一个班干部，记得是劳动委员。那时，全国都在宣传蓖麻子的功能，也都在大量种植蓖麻子。教室后面正巧有一片空地，老师就让我们去劳动，种植蓖麻。

我从家里拿了工具，一把精致的小锤子，还有其他物件。劳动贪玩，加上夜深了，累了，就回家了，后来发现丢了那把小锤子。那可是鞋匠出身的父亲的一件爱物呀。那一阵吓得就不敢吭声。父亲找不见，又没见到我拿，也无法怪罪我，就嘟囔了几句："到哪里去了呢，这么好的一把工具？"我心虚，就不敢正瞅父亲的眼睛。这事一晃就二十多年过去了。直至父亲全身瘫痪，被切了气管，在床上躺了三年。我每每陪伴在他身边，就有想和他倾诉的欲望。那一天，我就告诉他："还记得那把小锤子吧。爸爸，不好意思，我现在得承认，其实，是我弄丢的。我是在课余劳动时拿走了它。你能原谅我吗？"我是带着玩笑的口吻说的真相。父亲听明白了。他咧嘴笑了。我明白，父亲原谅我。忽然，父亲又无声地哭了，并引发了一阵剧烈的咳嗽。说了这真相，我一阵轻松。但随后，我又在父亲的眼泪和咳嗽中，感受到一种沉痛，无比强烈。是的，为何真实的话，要到了这样的时刻，才终于吐露。我给父亲带来的是轻松，还是刺激了他的烦恼？

其实，确实就是真相。不说，也一样。说了，似乎也如此。尤其是随着岁月流逝，许多事情已成往事，已经丧失了还原真相的必要。因为它毕竟只是一个微不足道之人的生活琐事。但我还是要说，其实，说出来，就是一种直面人生和剖析自我的正直和勇敢。因为，路还要走下去，我要给自己也给别人一个警醒。

其实，你并非完人，但你有生活中的教训。你，不可放弃人格的完美。

朝开暮落的木槿花

幼年时，家住楼房底层。父亲就搭设了一个小院子，种些花草什么的。

当时有一种花，列植在院子的篱边。每逢夏秋两季，就盛开得很热烈。大多是淡黄色的，花瓣实沉，也多皱折，呈倒卵形，颇具朴素淡雅之质地。

父亲告诉我，这种花俗称喇叭花，比较常见，很容易生长。

那时年少懵懂，只是觉得这花朵儿不俗，令自家的院落边生动鲜艳了，就像接纳了新同学一样，欢欣地接纳了它，但也未及很好地鉴赏甚或探究。

只是每天早上都观赏到它的饱满丰润，它的婀娜多姿，它的绚丽夺目，和它对我的笑吟吟的相迎。

以后，举家又有过几次乔迁。有一次还是在底层居住，窗前正巧还有一畦空地，闲不住的父亲又动手围筑了一个院落，自然少不了花花草草的。那些年的夏秋，喇叭花又一簇簇绽放了，让这个冷清的新村倍增生气和活力。连过路的行人，也禁不住要停下步履，观赏一会儿，赞叹有加。

这花并不浓艳，却憋足了劲似的，茁茁地舒展，纯纯地吐芽。那会儿，常常是早上与它会面，傍晚放学回家，贪玩直至深夜，也就无暇顾及它的状态了。

还是很多年之后，我才知道这花的真名，叫木槿花。一个挺有韵味的花名。而且，我还知道了它的诸多特点。其中一点真令我十分惊讶：它竟然是当天开花，当天就萎谢了。生命何其短暂！这美好无比却又大方平常的花儿，太出人意料，也太充满神奇了！

这粗生易长的花卉，属落叶灌木或小乔木。它花开满树。花骨朵儿也十分带劲，含苞而怒放，有一种精气，是其他花儿无可比拟的。

只因它每一天的凋谢，就是为了明天重新的绽放！

清晨蓬勃地升起，夜晚就悄悄地消逝。这多像太阳，日出日落，从而，每一天太阳都让人感觉是崭新的。

这木槿花，也每一天都是新的！它给每天的世界带来的就是完满和鲜艳！它默然地开放着，朝开暮落，即便没有人关注，不忌讳什么讥讽说笑，也不在乎是不是被人所理解。它从无计较和丝毫的怨言，它自始至终都遵循着一种规则，像人类一样日出而作，日落而息。每一天阳光莅临，也就是它精神抖擞地亮相时辰。而每一天黑夜来到，它也悄悄退却了，这退却，是为了催发明天更加华美的时光！

跌宕起伏，抑扬顿挫，就像一个人一样，有高潮，也必有低潮。有上坡，也定有下坡。这一切都算不了什么。它兀自灿烂地开放和匆匆地退场，每一天周而复始，演绎着木槿花独特的魅力和光芒！

一天紧张而又忙碌的工作。夜晚总是疲惫的双腿，承载着一躯疲劳。但明天依然是鲜活的，充沛的，和意气风发的。就像又一次脱胎换骨，就像那木槿花一样！

那年，一个暮秋的傍晚，我在小区里瞥见两位老人相互搀扶着，在蹒跚行走。一位面容和蔼的老人似曾相识。朋友悄声告知，那人是知名的艺术家。边上的那位，是她的爱人。哦。我随即又注视了她们一眼。女艺术家略施薄粉，慈眉善目，面含微笑，目光柔和，在老爱人的相助下，虽显羸弱，但步履还迈得沉稳，仿佛有一种力量在迸发。朋友又耳语道：这位艺术家前段时间罹患重病。这些日子稍见好转，她就开始以慢走代替运动了。而且，她每次外出，都必修饰一番，保持着一种风采，天天如此。家里人劝她不用太认真。她笑曰：老天既然没把我叫走，我就得每天美丽一回！朋友又说，你看她老爱人也是整洁的衣饰，连头发都一尘不染！真是一对绅士和淑女！

我不禁向他们致以发自内心的注目礼！

我微博的私信里，至今还保留着一位年轻帅哥的哀叹。他觉得每天都无聊无趣，机缘匮乏，运道极差，做什么都很没劲。他说他晚上在酒吧和靓女们猜拳行令，酩酊大醉，一直折腾到了凌晨，然后回家睡觉，到了中午还懒得起床。

我曾委婉地劝他，每天起居规律有序，早上读读英语，少拈花惹草。他喜欢音乐，还可以创作歌曲。他回复我，没意思，神马都是浮云呀！花草也很无聊呀！

我一时爱莫能助。

有一次，路过旧居。我特意留神那个父亲曾经倾注了心血的院落。很遗憾，一片破败颓势。显然，有漫长的时日无人打理了。而那依篱笆而植的木槿花，也消失殆尽，不说花，连一株藤蔓都无从见到了。我心有感伤。人生无常，世事也骤变。谁能真正的看得到明天，明年，甚或是一百年之后？

我想到了木槿花，那朝开暮落本就充满哲思的木槿花。它也无法洞悉自己的明天、明年及其未来，但它每天使出浑身解数地盛开，常开常新，以此展示自己的美丽，体现自己的生命价值。这难道不应是我们每个人效仿的生活态度和生存方式吗？

那天，我将木槿花推荐给了那位小帅哥。不知道他是否按我的提议，去公园寻觅那花骨朵儿了呢！

我知道，万紫千红，世界万物，时下，他确实最需要接受的，就是木槿花！

涵养你的气场

很多年前，与一位现已仙逝的艺术家共同参加一个庆典活动。同上台时，他一再谦让，恭请我先走，说自己不在位，理应跟在后边。活动结束后又一起喝茶闲聊，他平和之中透露一种睿智。缓慢的语调，始终微笑着的神情，很多年之后，我还感觉到当时的一种气场，是他周身散发所形成的一种气场，温润地弥漫着，作用着，持久地氤氲着一种感染人心，凝聚精神的力量。很多年之后，我依然在反复回味咀嚼这神秘的气场。

说是每个人都有气场，或强或弱，或正或邪，或具有侵略性或如退守到窗门的那一片薄纱。大人物自有大人物的气场。站在那儿，十多米甚至在更远距离，你都能感受到那份磁力。你如果不是身不由己地靠近，至少也会情不自禁地让目光跟随，他会抓住你的眼睛和心灵，让你在短时间获取感动和震撼。而小人物也有气场，猥琐、酸腐，总有一种刺鼻的气味，缠绕着你，让你欲罢不能。

而绝大多数人的气场，正是居于大人物与小人物之间，频率不同，力度也并不一致。但每个人的气场，其实都可以用一把道德和文化的尺子来丈量的，这尺子中间为零的起点，往左，是上坡路，是上扬线。往右，是下坡路，是下跌的阴线。我坚信这把尺子存在着，只是我们没能好好发现和把握。

所以，我是看重这一气场的。我只是苦恼，一直找不着这把尺子。

前不久有幸见到了余秋雨先生。和他闲聊，一起用餐，并陪同他去看冰川。他丝毫没有所谓大家的架势，也无拒人千里之外的唯我独尊。他相当随和，就像弄堂里的上海阿叔，亲切而又随意，但又少了那份俗气，自谦中蕴含着一种自信，散漫中折射着一缕聚光。他像他的散文一样大气、洒脱，言谈举止中儒雅而高贵，他所迸发的气场，让人仿佛在美丽的西湖中飘荡。

素昧平生，我和他聊及他的名字、他的作品、他的经历和他种种的生活琐事。他娓娓道来，毫不避讳。他待我这后生就像待邻家男孩一样，有兄长般的笑容，也有朋友似的信赖。他时不时搭在我肩膀上的手掌，直接向我周身传递了一种气场，让我温馨地震撼。这气场具有坚定的意志，美好的情操，勃郁的阳刚和具有温文尔雅的渗透力。难怪，他走在中间，几被我们围住，但外围的好多旅客还是被这气场所吸引，一下把他认出。

他对所有要与他合影的人都来者不拒。带着他那慈祥的微笑，与陌生的游客一起面对镜头。有时，他几乎是一路小跑，到等着他合影的人群中。在这小跑中，他的气场愈加散发出一种不可抗拒的魅力，让周边人都深深感动。

气场是可以涵养的。他并非与生俱来。因为世界的千变万化、错综复杂，个人的气场因此也大相径庭。但气场不是不可以改变的。修炼你自己，不要停歇，只要航向明确，那上扬的气场总会愈益强劲。

我想起了小时候的一位老师。我至今叫不出他的姓名。严格点说，他只是几节语文课的代课老师。依稀记得他是瘦高个儿，佝偻着腰，脸上却漾着一种不容亵渎的神情。之前，我们已听说，他是一个所谓的"反革命"份子，在学校里干的是杂活。因语文老师因病无法上课，学校仓促决定，让他先顶上几天。本来，这样身份的人，一定会被同学们嗤笑和起哄的。但当这个不苟言笑的老头一站在讲台上，我们这些小不点儿仿佛就被什么样的东西给镇住了，大家难得这般聚精会神，全身心地聆听着他讲课，全然忘记了他的传闻，他那顶可怖的帽子，他的另一个难以启齿的尴尬身份。这几堂课出奇的安静，我们如此专注，事后想想真的不可思议。他是不是披着羊皮的花言巧语的魔鬼呢？可是他偏偏没有什么多余的话，一切都接着课本的顺序，在朗诵和解析课文。很多年再仔细回味，才恍悟了一种叫做气场的魔力。是的，这是一个慈祥而又博学的老头。他身上由内而外传递着一种气息，这种气息让我们沉醉其中，沉淀了心里飘浮的杂质，无法再旁逸错乱的遐想。

我也见过另一位老师。恕我这里不提及真名实姓了。他也是高高的个子，戴一副眼镜，挺斯文的模样。但他每每跑进我们的课堂。因铃声而刚刚趋于平静的心，忽又浮躁起来。他镜片后的眼睛滴溜溜地转，飘忽不已，总像是在防备什么。按理，我们这些学子是不该有什么可以设防的。但他让我们无法专注，总觉得是在一块浮冰上听课，真不知如何是好。这样一位老师，也是狭隘而又缺乏爱心的。几位同学的成绩被他打了59分，怎么求情，他也置若罔闻。在工作后不久，我留校与他共事，更感觉他的可怜的一面。为了某些鸡毛蒜皮的小事，他会锱铢必较，冷冰冰的语调，让旁人真是不寒而栗，总想避开远远的。这样的一个人，你在他身边，也是无精打采，甚而觉得阳光也如此苍白一般。生活变得贫血而乏味。

人的气场，真的在于涵养，在于锻造。虚不得，也假不得的。想当年所谓的气功大师神乎其神，后来在真刀实枪面前，就逐渐衰微，甚至落出了颓相。我更相信，真正的气功大师，他在乎的就是一个气场。这个气场就是内在的素养和力量，他能祛病除灾，就因为，它有无可比拟的强劲之力在奔放！

走到灵魂的最深处

　　一个女孩打来电话。无助而又感伤。只想找个人倾诉。她说她把爱情丢了，把婚姻丢了，不知道路该怎么走了。电话那头的她，哭得一塌糊涂，我感觉生活突如其来的失落，深深触及了她的最伤心处。作为她信任的一个兄长，我告诉她，要冷静面对。要调整心情。你还有一份可贵的事业，可以干得十分从容，你还有一个可爱的女儿，可以幸福和快乐。有一句话我没说出口，你可以依然美丽，生活并不会像你现在想象的那样。

　　是的，我刚读过艺人伊能静的一本新书，叫做《灵魂的自由》。在这之前，我对所谓明星的著作，从来都是不会在意的。他们很多不是请人代为提笔，就是写得浅薄平淡，吸引不了我。但在《达人秀》担任评委的伊能静真诚的频频落泪以及颇有悟性的言语，令我刮目相看。那本书中记述了她的心路历程，曾经的萎靡和苦涩，曾经的哀伤和自责，直至她承认生命的不完整，在人生际遇的最低点，走到灵魂自由的最深处。她曾经也对爱有贪心，曾经有幸福、美丽的头衔，也是世人眼里被祝福被赞颂的模板。但她也丢失了爱和婚姻，她还遭受到了原先爱着恋着她的粉丝的斥责和怨怼。很长时间，她无法疗伤，常常落泪，也迟迟不敢步入众人的目光之中。但伊能静是一个能够把握自己能量的人。她在感悟和思考中慢慢地走出了困苦。她确信爱不是学问，而是成长。"你的离开，对我或许是一种放生。"她对自己的小王子说，会幸福的，未来也一定会更幸福。

那本《灵魂的自由》，让我感受到她那颗脆弱而又敏感的心。但她释放了自己，获得了灵魂的自由。她的未来依然美丽。现在我知道了，在担任《达人秀》的评委时，她刚经历了一场艰难。但她表现得多么知性和温柔，有一种成熟之美，让她魅力四射。

分了手的爱和婚姻，其实也一样可以保持美丽。前不久听到过这样一个故事，很令人动容。一对恩爱的夫妻，因为当时条件过于困苦，他们分手了。女方又嫁了一个家境比较富裕的男子。生活真的很现实。已有一对儿女的他们三十年没有见过一面。但他们曾经真正深爱过。男方是一位老师，他从来没有责怪过女方一句。他对长大了的孩子说，她当时的选择是对的。他太穷了，不能给她更多的快乐和幸福。三十年后的一天，他们见到了，两人就一声轻轻的招呼："哦，你来了。"就什么都没说,坐在那儿好久好久。但那一声招呼中,他们的心还是如此的亲近。那份真情已无法用语言来替代。很久很久,这个画面一直出现在我的脑海里,我反复咂摸,感觉一种美,在这画面流淌,这种美也许是悲壮的,但也一定是感人至深的真挚,随时间的推移,沉淀为更觉醇香的一种记忆。

我还有一位好朋友。当时与他前妻分手一定是痛苦的,虽然之后他也拥有了一个美丽的妻和幸福的家。但我通过他和现在的妻,认识了他的前妻。他们虽不常联络,但保留着一种朋友似的友情,彼此尊重,也互相祝福。在前妻将要准备重返舞台时,他们向她伸出了热情的手。那一出由我原创的话剧,由他的前妻作为主角,他的现妻作为制作统筹,他们和睦相处,合作得非常愉悦,将一台精湛的表演,比较完美地呈现在了观众面前。和他们一起交谈,可以感觉他们的坦诚,你不得不赞叹,这一切依然美丽,犹如当年曾有过的炽热的情感和青春!

我参加过几次他们共同的聚会。他们相处得完全像老朋友似的。有一次,我的朋友露出了大男孩的顽皮,盘腿坐在了酒吧茶几上。现妻批评他了,前妻也一起帮忙,说他这么大了,又是一位领导了,要收敛自己,要注意形象。两位姐妹你一句,我一句的,话说得句句中肯。那老兄也笑呵呵的,像被宠着的一个大男孩。周围的几位朋友都欣羡极了,你这家伙，真美的你，有两个妹妹这么关心你呀！

所有的抱怨和责难都远去了。就像乌云不可能长久地遮住天空一样，蓝蓝的天终究会出现。

也有一对曾经相爱的夫妻分手了。男方后来又娶妻生子，女方却一直没能找到如意的另一半。劳燕分飞，但亲情依然。女方和女方的家里碰到了困难挫折，有时禁不住还会找前夫帮忙。男方的现妻也很大度，视她为自己的姐姐，尊重有加。这里没有任何狭隘的猜忌甚或一丝顾虑。阳光下的情意，是坦诚的浓香，绝不世俗。他们的每一个人也都是阳光的，即便周围偶尔会飘掠一抹阴影和雨丝，这在他们已无甚影响。

依然美丽。

当你失去了今天，你还会拥有明天。当你错过了太阳，还有月亮在等待。只是，一定要把握住自己，不能沉沦于悲伤之中。伊能静说，不管如何被欺骗，还是要诚实，不管如何被怀疑，还是要相信，不管如何被伤害，还是要爱。

铭记一切灾难和恩典，最重要的，你已错过了太阳，就不能再错过月亮了。明天会依然美丽，只要美永驻你的心头。

别太把自己当回事

到一家普通的茶室用茶，擦肩而过的是一张似曾相识的面容，确切点说，让我记忆蓦地苏醒，是那张清雅面容上的一对眼睛，闪亮有神，并非惊艳，但相当迷人。这是位在屏幕上常见的一位名人。

我很诧异，这位名人怎么会出现在这样一个茶室呢，这茶室太过平常了呀！问茶室店主，店主也是一个爽快人。他说，她常来这儿，她家就住附近。她初来时，他也很惊讶，后来日长月久，名人的随意朴实，也令他疑窦顿释了。名人对他说，你这儿离我近，挺方便的。茶室不吵人，就好。他禁不住问了一句：不是，你是大名人呀！她莞尔一笑：我实际就是普通的人，成了点名，也不必把自己当回事！

那你倒真蓬荜生辉了。我笑说。

他摇了摇头，人家名人都这么看自己，我怎么能借人家抬高自己呢。只是希望不要吵了她，她能常来，静静地品茶会客，就是我的福分了。

前些天，读到一篇文章，说当年拍《色戒》的汤唯，在走红之后，一度也只身去法国闯荡，她褪下明星身价，当街画画，做模特，街上无人认识她，自己辛苦赚钱，供养学费，之后渐渐走出了一条路子。实际上，很多国内大红大紫的明星，出了国门，就失去了追星的效应，没人当你是大腕，一切还得从头开始，太把自己当回事，反而很痛苦，更艰难，也没有谁相信你昔日的辉煌，甚至现在的泪花。

我从繁华都市来到人烟稀少的大西北。走入茫茫戈壁，所见的牛羊，从容悠然，俨然这片土地的主人，它们对我这南方雨露滋润的七尺汉子，几乎看都不看一眼。我也算是有点才情，也有点实权的人物，可在它们眼里，我真的什么都不是！

我更想明白了：人是不能把自己太当一回事的。天外有天，人外有人（还有羊、虎、狮……）。太计较了，就是自找痛苦和烦恼了。

回不去了

　　一批老知青，相偕回北大荒探望，有的还携儿带女。回来后还念念叨叨的，那里的人还是挚诚纯朴的，那里的条件也大大改变。有的人还真心表露：如果年轻一些，真想再回那儿过。沉默有顷，即有人回敬："你在大都市的日子这么多年了，你，还回得去吗？"

　　真的回不去了。回来了，又多了一层经历，能够这么轻易地回去吗？

　　一位老同学，从学校辞职之后，一直在商海里扑腾。十多年过去，他除了沧桑的面容和略显倦态的身子外，囊中也令自己羞涩。校领导见状，还是盛情邀请他返校，学校任教。虽不能一下子就赚个一钵金银，但人总是轻松一些，何况，他当年还是一个不错的专业教师，但他随即摇了摇头，向校领导表示了真诚的谢意。他心里明白，路一直走下去，他是回不去的。他能够承受包括清闲在内的学校的久违的那一种氛围吗?

离婚之后,初恋女友来找他了,她也离婚了,已经多年,那时他们已无联系。他和她走近了,有段时间,也常常晤面。但十多年的时光,已把昔日的模样,改变得相当陌生了。他特地把她约到那家临江的咖啡馆,那时,他们曾天天晚上去那儿,在这温暖而馨香的屋子里,应该有他们爱的气息,美丽的身影,几次登临,几次期盼,但他很快就失望了,时过境迁,那种感觉不复存在。他们各自怀揣不同的心事。送别她时,凝望着她依然美丽的身影,他深深地叹了一口气,回不去了。回不去了。

他从国外回来。兜里还揣着国外名牌大学的毕业证书。他和当年的死党们欢聚,想像当年一样嬉笑怒骂,他发觉场面似有点尴尬,并没有他期望中的笑场。"恭让共俭让",一句熟稔的词,跳进了他脑海。这七八年,原先玩耍在一块的同窗,现在走向已大相径庭,当年的玩笑话,说不定会刺痛某个人的神经。同窗之情,过了已经过了,回不去了。

我是生于都市,长于都市,从来没有离开过都市(短期出差除外)。在人到中年时踏入了大西北,亲近戈壁和沙漠,一待,就是三年。一位已返回都市的老知青说,你们现在的条件比我们好多了,应该不会有问题。我理解这位兄长的好意,但他并不知道,在都市那么多年,也算是养尊处优吧,一下子到了气候、饮食都不相同的地方,那种食不甘味,睡不安稳的感觉，如此强烈，也真是说明我也是回不去了，回不到幼年时的寒酸艰涩，回不到蹒跚学步时的那第一步了。当然，这与我的坚守，话题不是一个。

这世界，有多少还能原汁原味？传说，南方有一种面，它的汤液就是百年不变的，连皇帝都爱恋不舍。去品尝过几次，味道还不赖，但对那种传说，却无法置信。

时光荏苒，太阳和月亮，已非昨日完全的模样了，何况人情人心，它的敏感脆弱，有时，还真的不如一颗幼草。

回不去了，不是忘却过去。尽可留恋那份曾有的美妙，温暖自己，走好今后的路。

公正的137.5度

世界上没有绝对的公平。既在这世界上生存了，就必须想明白这一点。但不管大权在握还是小利可以支配的官员和公干人员，我想，都不应该忘却了公平公正，应该努力去建立一种公正的准则，并全力去维护，像阳光雨露一样去普惠天下百姓。

自然界充满神奇。许多植物也顺应了一种准则，让每片叶子或者果实承受一样的阳光和雨露。

虽说阳光雨露对每一个人从来都是公平的。可是人世间有多少事情实际上还是千差万别的。谁能说你享受的阳光雨露，就一定与别人一样。有一则短信说："有钱的人时间少，有钱的人朋友少，有才的人快乐少，有爱的人自由少……"且不说这每种说法是否严谨，但它多少折射出了当下的一个悖论和现状。悖论是得到的也许不比失去的多。现状则是，人所获取的终究是不一样的。你自由少，时间少，享受阳光雨露，沙滩草原的机会也会缺乏。

向日葵是阳光的宠儿。科学家发现，如果改变目前已经形成的姿态和角度，向日葵上的每一粒果实得到阳光青睐的程度也大相径庭。最明显的标志就是，在花盘的果实之间会出现一种间隙。实际上就是受到阳光不一致的一条分界线。只有让向日葵自然地以一种恒定的角度摆放，那么向日葵花盘上的果实所经受的阳光才是绝对一致的。而这一恒定的角度，或曰发散角，就是137.5度，误差哪怕0.1度，情况也就天壤之别。据报载，车前草也是如此，相邻的两片叶子的弧度大小就是137.5度。这种排列，使得每一片叶子都可以获得同样的阳光和雨露。这种细致和严谨的造型，不得不让人们惊奇。

念书那会儿，班里一位女生特别让班主任宠爱，学业并不佳的她，不仅做了课代表，还当上了挺令人羡慕的学习委员。后来，有人透露，她父亲是这个学校里的校工，与班主任关系挺热络的。再后来，发现这种现象极为普遍，连时下的小学生，也在这不明不朗的规则中受到心灵的撞击。

这还是并不担当实权要害部门和人员所为，如果权力部门和单位也以一种见不得阳光的潜规则来运作公共事业和权利，社会这个肌体就病患无穷了。

前些日子，一位老同学来电，他在电话里牢骚满腹。说那些有钱人的孩子都上了好学校了，自己孩子成绩算不错的，因为差钱，进不了更好的学校。他觉得这世道太不公平，想想气不打一处来。

我在劝慰他不能过于激动以致失之偏颇的同时，也在思考，为什么我们的某些部门这么不智慧呢？如果学一点"向日葵"，坚持一种准则，创制一些新的制度，是否就能使政府乃至社会资源日趋公平和公正，为庶民百姓建树一种和谐呢？

我以为，这137.5度，是应该令人铭记的。

如果你走出去

在一个秋夜，我心绪绵长，在微博上即兴书写了数条"明人明言"，其中一条：如果你不走出，你就不知你的前途，就像你不发掘，你的质地只能隐而不露一样。我没想到，这样一条短句，竟引发了不少博友的感叹，而一位领导也直言评论道："你就是明显的例证"。我有点惊讶，随之，陷入深思，对自己似乎随意写下的这段话，又有了新的感悟。

那些天正巧是长假，我计划和几位好友，再去会会喀拉库里湖和慕士塔格峰，再去登临那被雪山环抱的帕米尔高原。也是巧合，出发前夜，在一个聚会上，我认识了从北京回喀什探亲度假的塔吉克族女孩迪丽达尔。这位美丽、爽朗的姑娘，也让我们增加了见识。

她给我们介绍说，塔吉克族到内地生活发展的人也不少。她自己从喀什考入北京高校学习，之后她就留在北京发展，也算是走了出来，走了自己的一条路。

她说自己走得也挺艰难，但坚持走了出来，走了下去。我们都感觉她将塔吉克族的文化与汉文化相融于一身，连她的举手投足都有别样的风采哩。她的乐观和爽快，让我们对塔吉克族有了更新的了解。幽居在这帕米尔高原的民族，本就淳朴、善良，他们世代居住在这冰山上，热爱并守卫着祖国的这片疆土。然而，他们也并非我们想象的那样封闭，迪丽达尔们的走出，也是一种象征，一个代表。他们拥有博大的胸怀，更高远的视野，会走出更加辉煌的路来。

迪丽达尔说，她母亲也是北京大学的毕业生。她对汉民族十分友爱，也特别喜欢汉文化。她虽然返回了喀什居住，但她因为曾经走出过，眼界就比其他人宽广，有许多独特的见识。

我想，大概正因为有太多人走出，又有太多人回来，包括塔吉克族在内的少数民族，才能更好地认识我们国家，我们也愈加融合，愈加珍惜团结友爱的民族氛围。

实际上，一个人如此，一家企业，一个地方，乃至一个国家都是如此，如果你长期故步自封，自我圈禁，不肯离家太远，不愿走出去，走出传统，走出既有的束缚，不懂学习，比较和选择，不说鹰击长空，你又怎能走出一条适合自己发展进取的路途？

我自然也会联想自己。如果我仅仅满足于学校和机关的安逸现状，抑或沉醉于大都市的精致和舒适，我怎么会人到中年，还参加援疆，远离故土和家人，由此感受到祖国疆域之辽阔，天山南北之差异，感受到山川河水固然壮美，而各地百姓的生活发展也参差不齐。我们的特殊国情，正需要我们更加科学和智慧去面对和处理。

我曾经说，离开故乡的人，才能品评故乡。因为只有你离开故乡，才能以更全面的视角，去看待、观照乃至回味故乡。

有一个前提，就是首先能够走出。如果走不出，那么你就无法找到和发现最佳的视角。

很多人或者无法，或者不敢走出去，自然他们就不能认识自己未来的路。他们甚至没有机会去小小地施展一下自己的才能。有的或以安分守己来自慰，有的或以留恋故土而自居，所有这些，让他们可能因此失去了了解自己，发掘自己的机会。

他们真正的潜力从未显露过，他们甚至等到了生命的消逝，也不知道自己具有什么样的质地。其实走出去也存有各种各样的状况。

从束缚中走出，总会有左碰右撞的痛苦，然而，这是必须的一步，除非你甘愿蜷缩在一个小小的洞穴里，也许没有了暂时的摩擦，但从此也难以见到新鲜的阳光与雨露。

我的这番思考，也不是没有由来的。迪丽达尔是幸运的，她的家人支持了她走出。而现实中，还是有许多年轻人无法走出。这既因为自己的眼光和选择，也有各种各样的因素，而亲情有时也会成为一种束缚。很多父母亲总希望孩子就留在自己的身边，孩子在身边，他们就踏实。孩子在外边，他们就无法心安。这样的事情，现在还到处可见，大人甚或老人们已形成自己的世界观和人生态度，并以此来要求自己的孩子，这本是无可厚非，他们却忘了孩子的身体来之于父母，但他们应有自己的生活，有自己的观念和行为方式。儿孙自有儿孙福，也包含这一道理。用自己的眼光来束缚孩子，其实也是限制孩子潜力的培养和发挥。

连老母鸡都知道怎么爱自己的孩子，所以爱孩子并非伟大，只能属于本能，而如何爱孩子，给孩子以健康发展的更多机会，真正让孩子人格完善，品格完美，才是衡量父爱母爱的重要标志。

让孩子走出去，当他真正走好自己的路途时，甚至比你以前走得更好时，你才算得上与时俱进的称职的父母亲。

而自己也要果断地走出。走出去，是为了更好的成长，更好地回馈社会和国家。作为一个人，在走出去的过程中才会更好找到自己的人生坐标，也能更好地提出并实现自己的价值。

在生命中

一

这是家人为我补充稍显完整的一段往事，而我的记忆中，只有乌黑滑溜的石块堆砌的小山，汩汩涌出的血，一个邻居老爷爷模糊的面貌，还有右手腕处，至今清晰可见的一道毛毛虫一般的疤痕。散乱而真切。

是刚念书的年月。那天在家门口玩耍。有一堆黑色的石块，类似炭块，又比炭块质地坚硬、黑漆亮闪。不知天高地厚的我就攀爬了上去。或许还像登山队员登上珠穆朗玛峰，目光无比骄傲地俯瞰天地，睥睨着一切。然而，福兮，祸所伏兮。我人生的第一次小小的生命艰难即将发生。

足下一滑，我的身子失重，并重重地摔在这个小石山坡上了。我的右手腕间血流如注。鲜红的血，很快将身边的几块黑石都染红了，血花斑驳，右手腕还在不断喷血，而我一时也惊呆了，愣怔着，不知所措。一脸苍白。边上的邻居也赶忙上前，用我的衣裹住我的手臂，试图止住血涌。但我的血，就像刚放了学的孩子，撒野般冲出教室，一无阻挡。

母亲也闻讯赶来，焦急万分。

我记忆中，是住在底楼的一位老爷爷，似乎清癯瘦削，但一定是和蔼可亲。他用自家的土方，一种泥土一样的粉末，喷敷在我的伤口上，还采用了其他什么手段，终于驯服了我的血，还有我的玩性。我的脸色渐渐好看起来。母亲的脸上，也轻漾起一丝欣慰和感激的笑脸。

家人说，当时大家都担心极了，并说是好几位邻居大叔阿姨帮的忙，但似乎不见有住底楼的老爷爷这个人呀。

我不知道这究竟是怎么一回事，是我自己记忆的错觉，还是各人记忆的差异？但有一点是不争的事实：我曾有过危难时刻，在我年幼之时。幸得邻人相助，才化险为夷。这是不可遗忘的。

二

还是我人到中年后，母亲告诉我的，其实我生命之初就有过凶险，母亲至今想来，还心有余悸。

我出生时就有违常人。是脚先出来的。不是脑袋。我不知道我的脚这么性急，是否就是要预示我之后是一个脚踏实地的人。但我后来知道，母亲为此吃了不少苦头。我一落地，就被抱进了保温箱，母亲三天都没见上一眼，也是忧心忡忡。

我终于回家了，但不久又发烧了，又让家人平添几分焦虑。

那天在家，一个不足八平方米的小小居室里，父亲去上班了，全家的生活来源只靠他一人了。母亲坐月子，虚弱无力。而年迈的奶奶瘫痪在床，下不了地。

我忽然浑身抽搐起来，嘴唇发紫。奶奶和母亲惊恐万分，却只是哭叫，她们一筹莫展。

邻居王家姆妈闻讯进了屋子，她一下子把我抱起，冲到了楼外。仅一会儿工夫，我就安静了下来，嘴唇也红润起来，眼睛也睁大了，懵懂地打量着周遭。

可能是我发烧，屋子里又太闷热，致使我发生突变。母亲这么分析猜测。

我回归了正常，家人也长长地吁了一口气。

三

这是家人不知晓的故事。我隐瞒了三十多年。

那时我大约还在念小学。家已搬入上世纪六十年代建造的老公房，三层楼，预制梁结构。没有卫生间，厨房多家合用。建有地下室，我们当年称之为防空洞。这该是应了毛泽东"深挖洞，广积粮，不称霸"的战略思想应运而生的。

防空洞很宽敞，有好多间，间间相通。但除了两个可以活动但平常上锁的半天窗外，只有一个坚固的铁门，设在单元的一楼楼道，可以进出。而这扇铁门的钥匙，是我掌管着的。当年办向阳院，这个防空洞是活动场所。因为我就住这单元一楼，加之我还是向阳院小学生的头头，居委会信任我，就把钥匙交给了我。

天下哪个正常的孩子不爱玩？我当时虽看上去比同龄的孩子懂事沉稳一些，但玩心一点不缺，小区里几个穿开裆裤的玩伴，也跟着玩，这防空洞自然是我们经常游戏出没之处。

防空洞冬暖夏凉，也非常潮湿。有雨水常从半空泼洒进来，地底下也时有积水。

那天，我又和两个小伙伴开启了铁门，下去玩耍了。铁门虚掩着，怕大人发现扫我们的玩兴。我摸索着去开灯，一脚踩在了地上的积水里。

突然黑漆麻花中我的左手臂一阵钝击般的疼痛和麻辣。有一股力量像是要把我紧紧拽住。我的手臂弹跳了一下。我下意识地缩回了手。当时我还不知经历了危险，又若无其事地换了右手，去拨弄电灯开关。这一次，摸着黑，还是拨亮了。

灯泡裸露着，上下拨动的开关，就在灯座的下方，在五公分范围之内。

左手臂痛麻，好几天才渐趋常态。

后来我意识到是触电了，愈想就愈后怕，也许只差那么一点点，我就与死神紧紧拥抱了。我一点不敢向家人透露，怕受斥责，更怕他们因之担惊受怕。

四

七十年代的中山东一路，车水马龙，路还没像今天一样拓宽，机非也并无栏杆隔离。人行道也极为逼仄，与非机动车道混合在一块。

那天我和小伙伴去十六铺，具体目的早已淡忘，多半也是闲逛玩耍的。

我与另一位小伙伴在路旁走着，由南向北，不急不缓。一辆辆车子从我们身旁快速驶过，有的几乎是擦肩而过的。

我们丝毫没有在意。多少年就这么走过来的。

忽然就听到身后一声巨响，沉闷而震撼，心房也为之一颤。随之又是一声尖锐的刹车啸叫。紧挨我左侧的一辆货车猛地停住了。像一头面目狰狞的雄狮，带着一股强大的惯性，却骤然止步了。但裹挟着的一种巨大的威胁，也一时迸发到了极致。

我回首一看，我数秒前走过的地方，一个约两米见方的木箱子，沉重地跌落在那儿，似乎无声地喘着粗气。

有一位阿姨在不远处惊呼起来："哎哟，这，这孩子太巧了，差一点，就没命了！这孩子命太大了！"

我再一瞥那只木箱，它至少数百公斤重量，从货卡上重重地摔出，我若被压着，即便不成齑粉，也逃不了血肉模糊甚至化身肉饼的命运。

那只木箱，此刻仍虎视眈眈地盯视着我。

许多年后，这一幕还时不时让我甚感不寒而栗。

它像噩梦一般，纠缠着我。让我真正地感觉后怕。

长大了才明白：长大也不易。也深刻地感悟到：生命是脆弱的。生命的形成有太多偶然。个体的生命是有限的，而个体生命之外是无边无垠的。在自己的生命中会遭遇多少摧人的磨难，有的生命犹如一针戳破的气球，从此衰败泯灭。

所以应该珍惜生命。在生命中绽放自己，在生命中挥发自己。即便一如昙花一现，即便一如彗星之倏忽，如此，我们才对得住生命，对得起今世。

那些催人泪下的时刻

那些催人泪下的时刻

那些催人泪下的时刻

　　那一夜，与一拨年轻的记者们聚聊，话题漫散，就像每个人自点的香茗，各自热气袅袅。渐渐地，就蒸腾交融成一片，房间里氤氲着一种淡淡的清雅和温暖。话题也聚拢了。是我提议，大家都讲述一个在2010年令自己感动、感喟以至于泪如雨下的时刻。

　　新华社的小季首先讲述。他说，"11·15"特大火灾头七那天，他去了现场。自发的人流，从四面八方涌来，却秩序井然。每个人都步履沉重，面对着那幢已被烈焰熏黑了的大楼，默默地鞠躬，为逝去的58个生命深深地祈福。场面悲壮，沉痛，但他从每个人的眼睛里，都读到了一种光芒，那光芒让小伙子一时间极为感动。那是一种守望相助，一抹人性的关爱，温暖而执久地绽放着，任何磨难都无法使它熄灭抑或湮没。

　　《新民晚报》的小鲁也迅即发言。前些日子，她在记录

"口述历史"。采访了当年的老红军。他们都八九十岁了。风烛残年，有的腿脚不便，深深的皱纹镌刻在面容上，那种沧桑流淌着无以言说的情思。当年过雪山草地时，他们四肢都冻麻木了，又饿着肚子，饥寒交迫，但依然坚持前行，一路高唱着军歌，一步一挪，艰难地挺进。他们此刻回忆那段艰难时，却是以快乐的口吻来讲述的，他们用苍老的嗓音又轻轻哼唱起了那一首军歌，低沉、凝重而又充满自信。听着听着，小鲁，这70后的女孩，禁不住泪流满面，泪水打湿了手上的笔记本……

东方早报的小臧，参加了她好友的一场婚礼。好友的父亲并非达人，但他简单的致词，令在场的人无不动容。他对新婚的女儿女婿说：记住，你们有一篮苹果就足够了，如果有一卡车的苹果，你们无法很快吃掉，还会一个个烂掉。所以，足够就好，足够就是完美了。这是其一。其二，你们要健康，保重身体。如果身体垮了，恐怕吃一个苹果都没气力和福分了。其三，今天，这么多人来为你们祝福，他们是带着对你们的关爱而来。以后，你们也懂得用爱心去关爱别人，去感恩这个世界。要舍得将这一卡车的苹果分送给大家，让大家都品尝快乐和甜美！话音刚落，新娘已哭出声来，小臧也哭了，在场的人也都淌下了热泪，为一位父亲深挚的情感和生动的祝词所深深感动。

初为人母的《青年报》记者小顾，自然最牵挂她的宝贝孩子。她说，不久前的一个晚上，她因公务回家迟了。十一月大的孩子无论如何都不肯入睡。直至她深夜回家，尚在襁褓之中的孩子伸出小手，在她的脸上抚摸了一下。她想避开，因为这天很冷，她的脸冻得冰凉。但孩子温热柔软的小手，还是落在了她的脸上，抚摸了几下。她立时明白了，孩子原来是晓事的。他在等待妈妈回家，他还要给妈妈一点温暖。顿时，她的泪夺眶而出，她紧紧地抱住了自己的宝贝孩子。

这时，《文汇报》的小钟也提及了一个细节。她长这么大了，和妈妈不似孩时般亲热了。但有一天，妈妈忽然就拥搂住她的肩膀，让她心里一热，泪水迅速濡湿了双眼。

《新闻晚报》的小王也回忆，她去采访敬老院的老人们。他们自己在院里种了一小块菜地，他们分享着那份辛忙，那种天真欢快，让她心怀触动……临近尾声，电视台记者小李先提及了世博园闭园的那一幕。于是，参加过的都共同回忆。辛苦了大半年的小白菜们深夜在园内狂欢。他们又唱又跳，淋漓尽致地表达着他们依恋不舍的心情。很多人被深深感染。这批年轻的志愿者们置身现场，他们真是用青春和激情，为世博这个大家园，增添了许多绚丽的色彩。他们是世博独特而又不可或缺的风景线，是生活美好，世界美好，未来美好的一个生动展现呀。小白菜们在尽情地欢唱。这时，小白菜们齐声唱了台湾歌手张震岳演唱的《再见》：我怕我/没有机会/跟你说一声再见/因为也许就再也见不到你/明天我要离开/热意的和你/要分离/我的泪就掉下来/我会牢牢记住你的脸……/这些日子在我心头永不抹去……这优美而又带点感伤的歌，在世博园飘荡，像一股不可抑制的热浪，在大家心头流动，冲击着人们的心扉，此时此刻，多少人双眼噙满了泪花。

这《再见》的歌声，此时也在我和记者朋友们的心里飘漾，像这冬天的一炉香茶，沁人心脾，又令人温馨。

再见，无法忘怀的2010年，再见，我的真实可亲的朋友们！

开往春天

又到一年中最为归心似箭的时候。遥远的那一端，温馨而又葳蕤的气息像绿草地一样的铺展，亲切而又熟稔，令人心驰神往。那是家乡与春天相偕等候着。

火车站，这本就与闹市一般喧哗的人气聚集处，此刻更是摩肩接踵，水泄不通。只有在这个时候出人过火车站，并且期盼回家的人，才能感受这里的焦虑，心悸，烦忧和浓烈的思乡之情。一年思念的积聚，四季的情愫的释放，让这里奔腾不羁，就如同不同心情和面容的人，从四面八方汇聚而来，步履匆匆，并不停息，一江春水向东流。

一票难求，这是毋庸置疑的事实。对急于返乡的人们，无异于当头一棒。国家机器说是已全部启动，没有偷懒的了。票贩子也正被严重打击，秩序已大有好转。铁路部门对外宣称，狠抓内贼，倘若倒卖车票，一律开除公职。铁路部门可谓铁腕有力。火车站依然还是那般嘈杂，售票处愁眉苦脸者有之，脸色萎黄，疲惫不堪的也大有人在。拿到车票的，满脸喜悦，不逊于范进中举，也堪比彩票中奖。售票处是一个最鲜活的舞台，不必用聚光和追光，也把人的喜怒哀乐淋漓尽致地展现。那天忽然闻得一声大叫：有人裸奔了。一个五尺男儿，竟上身赤裸，仅一巴掌大的短裤遮羞。从售票处奔向车站广场。广场寒风凛冽，刺骨，数九寒天呀，他是真不要命了！他当然要命，他还要票子。两张车票。从这里始发，抵达他的家乡。他的妻子已有身孕。他们得回家。他排了五天的长队，有一次还是凌晨就候在售票处，眼瞅着别人紧攥着一张张车票欢欣地离去，他几乎崩溃了。他决定裸奔。起先是一种行为失当的愤怒的宣泄，后来又转化为一种获取车票的极端路径，有点自取其辱，却又博得了广泛的同情，他本来并不知道会奔向何处，这次裸奔未经设计也充满拙劣。但嬗变往往始于某些事物的聚焦，比如曝光。比如媒体竞相的不惜篇幅的披露。是的，不只是滞留于车站的人们瞪大了眼睛。无所不能的媒体也介入了。在到处都是大雪的时节，在冻雨半为景致半成灾的日子，裸奔男奔出了一条阳光大道。

铁路部门把他叫进了办公室。那里比铁路广场要湿暖很多，更令人惊喜的是，他获得了梦寐以求，弥足珍贵的火车票了。那两张纸片，仿佛是上帝恩赐的礼物，通向家乡的路，像舞台一样，光芒炫目。这一天，我知悉了这一新闻，真不知是喜是悲，怔忡许久，慢慢地泪往心里渗透。

一批西部大学生志愿者也准备返回老家。拟定的回归日期一拖再拖。一拨民工终于盼来了春节的假期，托人再托人，还是不知何时是归期。季鸟的迁徙，看来不仅为自然的气候所牵引，还受制于售票处的冷热，这个世界，冰火两极，冷热无常，人在其中，不可不敬畏！

此时，我坐着温暖舒适的空中客机驶向久别的家乡。虽然因为飞机的油箱盖子受冻凝住了，航班延误了好久，但心无怨艾。一飞机的人也无甚指责。因为心情一直翩飞着，向着那个温馨的万里之地。只有当飞机着地，我从媒体获知了裸奔男事件时，心脏骤然收缩，一种说不出的情绪涌上心头。

在这样的日子，我还幸运地听到了另外的故事。那列火车，正驶向家乡。普通的绿皮列车，站站都停，给本已人满为患的列车，又倍添了烦乱。我的一位朋友告诉我，他久已不坐这样的列车了。却因为要到一个西北小县，又因为行程匆忙，无奈挤上了这班列车。并且，非常糟糕的是，还是一张站票。他说他就像上世纪八十年代还没出道一样，上了火车，就一头钻进了人家的硬座位底下，铺上几张报纸，不管不顾，在铿锵有力的火车车轨声中，呼呼大睡了一场。他让我想起了当年的自己。也是从广州到上海，路途遥远。我也是第一次屈膝躬身，不知脏臭，在他人的屁股底下，躺了许久。我知道，我这么沉睡的一觉，醒来就是我的美丽的家乡了。这难熬的时间，也妊娠了期盼。朋友还讲到，他躺在座位下，正好可以瞥见对面座位的那一对年轻男女，他们一路依偎着，脸上充满了甜蜜的微笑。车厢里的一切纷杂，喧闹，似乎都与他们无关。他们沉浸在一片美好的梦幻之中。作为记者的他，最后下车前，禁不住和他们聊了几句。那原来是一对准备返回家乡结婚的男女。他们说他们苦恋多年，终成正果。远方的家人正等待着他们。那男孩还幽默地说了一句："这列火车，对我来说，是开往春天的。"家乡，春节，又是新婚之喜，还有比这更春天的事物吗？我对朋友说，那男孩是个诗人呀！那是多么充满诗情画意、优美生动的语言啊！倘若不是内心抒发，是不会那么感人的。那年第一次到青岛，因为当时管理的缺失，大海边也是乱糟糟一片。就听到一个半小伙子面朝大海，诗意般的说了一句："青岛，青岛，青春之岛！"这一刻，让我心头一热。现在，我又耳闻了同样让人血脉贲张的诗句。我为不能亲眼见到这一对新人而深深遗憾。

但我的心情因此愉悦起来。我十分留意那些节前忙得一塌糊涂的熟悉和并不熟悉的人，也到火车站、飞机场迎送客人。我发觉，人们大多是带着微笑的。因为，冬天已到，春天就在前面，那是一个万物复苏，生机盎然的季节！

又一个熟悉的春天

　　我从南方来到大西北，这算是跨过第三个年头了。而春天，将是迎来的第二春。

　　过了春节，重又踏上这块广袤的土地，眼前一片银白。大地银装素裹，表情严峻。而我竟然觉得这比想象的要暖和许多。晚上，外套也不穿严实了，袒露着毛衣裹着的肚腹，大踏步地健身。没感到南方的冷风湿雨如刀割，一会儿就走出微汗了，脚步又愈加自信起来。半个多小时，只发觉脸颊和双手冰凉冰凉，想这立春的时节，毕竟在大西北，还算温柔。

　　孰料，很快拉稀了。排除了其他因素，只能是敞着外衣，挺胸凸肚的结果。原来，一件毛衣是抵御不住这份严寒的，毛衣已冷如冰霜，也不会吱声，而我的肚子更是事后诸葛，早些咕咕叫唤，或许就扭转这种狼狈的局面了。

　　现在知道，这冬是何等威风。它的淫威，早已没过了春的门槛。

冬天还赖着不走，春天不至于这般软弱无能吧。

在南方，我见过珍贵的雪，见了阳光就羞涩。而在大西北，我见到的厚实的雪，像男子汉一样默默无语，而阳光如此娇弱而又害羞！

我还是感到了春的气息。在乌鲁木齐，看见了一棵树，亭亭玉立着。虽枝丫上挂满白雪，但它摇曳着，仿佛送来一阵轻柔的微风。在喀什，东湖水面即便冰厚逾尺，还有人在冰面上行走和玩耍，但一侧流水淙淙，紧挨着的冰块已在慢慢融化之中，阳光充沛，穿透了尘雾，照耀在身上暖融融的。

春天是来了！

这又是一个熟悉的春。一个令人向往的春。一个充满生机勃勃的春。

绝大部分的春我都是在南方度过的。我对南方的春已是十分熟稔。而大西北的春，我也经历了一次，第二回再遇，也算是老朋友了。

我想起去年，也是这个时候，三月了，雪还在时不时地出现并降临于大地。我去戈壁探望树木。只有积雪皑皑，万物哪有复苏的痕迹！我颇觉郁闷。这在南方，早过了倒春寒，虽不到风和日丽的时候，风已开始柔了，雨也诗意氤氲，春的足音已橐橐响起。丰富的想象早已展开翅膀。水在绿，鸭先知暖了，树枝在抽芽，嫩绿得让人心软心疼。南方的春天，来得是时候呀。

而大西北的春天还是如此冬景的模样。但失望也只是一闪而过。很快，我被这难得的春天里的冬景所震撼。除去茫茫无际的雪，所有的树木，傲然挺立着，它们像是列队的英雄，还在艰难地操练着，没有怨艾，等待着春天的检阅。

是的，无论是杏花还是沙枣花，它们含苞欲放还有待时日。并不粗壮，但颇显坚韧的树干和枝丫，不见怯弱萎靡，挑着纷乱的积雪，就像开了花一般。

眼前顿时生动起来。

这被冰封的湖面，晶莹剔透。仿佛也厚实坚固。但你凑近些，侧耳倾听，会听到一声声的冰裂之声，倏忽响起，向远方延伸。而冰面底下，还有一阵阵的咕嘟咕嘟的声响，显示冰正在苏醒。

冰裂之声，是北方的专利，南方，总是在无声的娇羞中，消融块垒。轰隆隆，分明是闪电在冰面下飘掠，向远方跳跃。我现在确信，冰裂之声是最初的春雷，水骨朵也是鲜花之先。春的跫音，就是破冰的韵节。

我不得不发出如此感叹！

随后，这个季节显现出我心中更多的期待。

春雪不止，开始我是迟疑的，弯下腰去堆雪人儿，是否有失身份？堆出了是否也会引发如雪纷乱的猜度？一个孩子的目光，牵动了我，也牵回了我的童真。我把成人的矜持，抛给了寒冷。我堆起了童年，在围观人的眼睛里，一如再现了图腾。我离开时，那雪人儿眼泪汪汪。我感觉像幼时一样无奈，又像幼时一样心狠。

一片红柳，就是一片春天，满目的雪，是一只只蝴蝶。树梢已压弯了细腰，她也不会在诗句中呻吟不断。那其实是一片不谢的鲜花，戈壁的四季都蓬勃成了春天。弥漫的尘，掩盖不了她的风采。我从她身旁经过，为她在冷冽中的从容惊叹！

真是美好无比。

原来等待春的到来，远比见到春更令人心情激动和精神亢奋。

这个冬天，从江南到北国，漫长得仿佛就是全部人生。黑夜的城，亭亭玉立的树，冷冽中舞出了轻柔的风，像梦中的梵阿铃，并不陌生。原谅我，不知是该忧郁如诗，抑或雀跃放歌。来了，又走得匆匆，这是谁都熟悉的过程。但大地的冰封，绽开了花纹。若梦，闪亮缤纷。这一个早到的春。已不可阻挡地劫持了我，向着夏的炽热飞奔！

是的，来去匆匆，人生又有几多春天！但这每一个春走来，我们都应该满怀豪情和自信，与她拥抱，紧紧地，让周身也充满春的气息。

万物复苏。春风骀荡。

从立春、雨水、惊蛰、春分、清明、谷雨，春，走过的每一步，每一个影子，都是让人温馨难忘。真的，倘若有过忧郁，有过寒冽，甚至有过悲伤，春天总是让人怀恋的。

　　春天，熟悉的春天，我正伸开双臂，等待你的到来。

有多少人应该感恩

人到中年，也经历了许多，我越来越坚信这样一个事实：人的一生有多少人应该铭记感恩的呀。无论你成功几多，也不管你遗憾几许。感恩，这种情怀，不可以忘却。

感恩父母，是毋庸置疑的。父母育我养我，没有父母，就没有我。父母对自己无微不至的关爱，没齿难忘。

感恩兄弟姐妹，虽幼时难免也有磕碰，那也属舌齿相触，更显珍贵。手足之情，相互砥砺，天地为证。

感恩同学同事，一同成长，荣辱与共。是千年缘分把我们牵连。酸甜苦辣，喜怒哀乐，同学同事往往最有深切感受。同学同事对我每一次的鼎力帮助，都是我的福泽，也都是我生命的甘露。读书时，同学们为了一点小事发生了争执。正推推搡搡，不断激化时，一个同学在边上嚷了一句："老师来啦！"同学们立即散去。其实老师并没有来，同学却机警地缓解了一场矛盾。这也是值得感恩的事情啊。

感恩我的老师。从幼儿园、小学、中学、大学和各种培训进修，循循善诱，授业解惑的老师们是最值得敬仰的。他们给予我的引导，即使用斥责的语气来表达，也至今让我感恩于心。上小学时，班主任，也是一位语文老师。将当时正走红的小说《闪闪的红星》朗诵给我们听。那抑扬顿挫的朗读，都过去四十年了，现在忆起，都相当的甜美和温馨。也有一次，顽皮的我为了打乒乓球，攀窗进入了紧锁的教室。又被这位老师叫到办公室，让自己摘下了红领巾。这一番严肃的批评，使我如梦初醒，渐渐明白规规矩矩做事是何等重要。

感恩我的领导。实际上，在事业的旅程中，自己的价值微不足道。每一个阶段，都会有一位或者一些领导，指点了我，扶持了我，他们往往在关键的时候提携了我，在我遭遇困难时援以一臂之力。他们犹如父母，忘记他们，是一种道义的背叛，让人不齿。对他们感恩于怀，是一个文明人最起码的良知。

我也要感恩那些对我有成见、有不满，甚至对我使过招的人。在这个世界上，为了某个观念、某种意见，因此发生了明的或暗的冲突事，太稀松平常，大可不必太介意了。因为无奈，因为不知，由此伤害或恼怒了你，我只想说，我也感恩于你，你给了我宽宥，给了我警醒，也用非常手段让我醍醐灌顶，让我更有自知之明。方式也许是重要的，但相比较，我们获得的提醒和反省的结果，让我如履薄冰，如临深渊，时刻小心警惕，才不至于铸成什么大错。我理应谢谢你，也真挚地祝福你。

我要感恩的人实在太多，感恩相处不多的亲戚、感恩家人、感恩朋友、感恩邻居、也感恩初识的陌路人。能够感恩本身就是一件多么幸福的事。在感恩中体味人生、感受人生。在感恩中走向成熟，走向平和的心境。在感恩中，才发现生活何等美好，工作何等美丽！

让每个人的心中都如充满善良一样，充满感恩。

其实美丽不是这回事

一

他中学念书的那会儿，迷上了散文，朱自清的《荷塘月色》，碧野的《天山景物记》，还有杨朔的散文。他迷恋那美轮美奂的意境，也痴迷那些美丽的辞藻。

一次写心得，他想用一个曾经读过的比较冷僻的词语，置放于自己的文章之中。他一时记不起两个字该怎么写了，身边也没带辞典，于是就问授课老师。老先生也听不明白他究竟说的是何词组，就对他说，你可以换一个词语去描述呀！他有些懵，又不知该如何说好，只得撇撇嘴，哑语了，心里头是不顺畅的。

那天老师又让大家改写，确切点说是缩写一篇著名作家的文章。他拿起笔，文思泉涌，文采飞扬地在写作本上挥洒起来。他在文章中运用了许多他的同龄人大多都不识的美丽而又深奥的词语。他很得意，以为老师一定会把它作为范文当堂宣读。作业本发下来了，他得了一个低分，拿着本子，他好久没有吭声。

他明显受挫了，他的美丽的词语，与他一样被撇在一边，就像路旁不为人稀罕的花草。

二

就像当年迷上散文一样，他也曾迷恋过一位同窗的女孩。

女孩俊俏的脸蛋，婀娜多姿的身材，还有一种妩媚，很多男孩都喜欢她。她真像是炙手可热的女王。

他认定她是自己的最爱，她是自己美丽的女神。他对她的爱慕与日俱增，甚至为她饭茶不香，寝食不安。

她也挺欣赏他。一度，他们走到一块。

然而，她是不甘寂寞的。讯息其实早就无声地传播了。而他小心翼翼地呵护着这份爱，几乎都不忍心对她说一句重话。

他是后来在某一个夜晚，看见她与另一个小伙子亲密地走过无人的街头，他才意识到什么，而这一场美丽，在他心里，迅即散成无法愈合的碎片。

他后来一直苦恼：美，就是这么脆弱的吗？

三

三十年过去了。启蒙年代的故事遥远而又美丽。而与小学同学的聚会，也成为他心中的渴望。

那时候的男男女女是多么纯洁呀。虽然，那时男女之间授受不亲，几乎都不交谈不往来。但曾经有过的情景和语言，都如彗星一样绚烂，让他回味无穷。

那一天，同学们终于相聚了。连当时年轻美丽而又优雅的班主任也来了。

他那一晚，心里真不是滋味。

班主任老了，人也萎缩了，言谈举止，像是换了一个人。最难堪的是那些同学，一个至今未曾娶妻的男生，当年可是并不遭人嫌弃的小捣蛋，现在粗俗得就像他脖子上那黄澄澄的金项链一样炫目刺眼，直露无碍。而那记忆中的文静的女孩，现在长得婆婆妈妈的了，说话也是口无遮拦。他对记忆美好的往事，也发生了颠覆性的怀疑。

四

他挺喜欢这样一则故事，听起来像是欧·亨利的小说。

一个女孩鼻梁不高，却长得很有特点，秀美而生动。某一天，被一位著名导演看上啦，准备让她饰演一个重要角色。通知她过些天到剧组试镜。这一晚，她真是十分兴奋，但兴奋之余，又瞪着天花板，或掐一下自己的臂膊，她担心自己是在梦里。她对自己的鼻子太没有信心了。那几天，她做出了一个重大决定。也就是导演唤她试镜这天，导演见到了她挺拔的鼻梁，一时看傻了，好半天缓不过来。她以为自己真把导演给镇住了。导演却重重地叹了口气，无比惋惜地把她回了。

她不明白，导演真是看中了她那虽不挺，但看上去极为顺眼的鼻梁，和鼻梁一起组成的温柔的面部世界，可她却把它给毁了，真的是毁你没商量。

其实，很多时候，美丽并不是你想象的那么一回事，不要太在意了，也不要因此失去了自我。

美丽，就是你身边流淌的一条河，就是你慢慢流逝却永不停滞的真实的岁月。

让情感自然流露

　　正午的地铁站，站台上乘客们静候着列车的到来。忽然出现了一阵骚动，大家围成了一个圆圈，圈中心是一个单腿跪着的小伙子，双手拥捧着一大摞红色玫瑰，面前站着的是一个娇小柔弱的女孩，她一定是被这突然的举动震懵了，显得惶恐不安。无疑，这是一次求婚仪式，但也是别无新意的求婚仪式。大庭广众之下的表白，据说其威力要比平常放大几十倍。小伙子不断地大声喊叫："答应我，嫁给我吧！"围观的人群也跟着喊叫起来："嫁给他吧，嫁给他吧。"在一片喧嚷声中，在众目睽睽之下，女孩手足无措地迟疑着，最后她一把抢过玫瑰花，就从人群中突围出去。人群爆发了一阵掌声和叫好声。

　　央视的"星光大道"栏目，男女老少都竞相露脸，能竞得月冠军的，毕竟是极少数。大多数人是逐渐被淘汰了。这天，一位女孩被pk了，她站在舞台中央，刚想启口，就有一缕哀伤的音乐响起。小姑娘随即直言："不要放悲伤的歌曲好不好。"她一脸庄重，绝无被淘汰之后的悲凄神情。她在音乐止住之后，坦然地说，她此刻很愉快，能在"星光大道"走到今天，她已很满足，要感谢的人很多。她最后又唱了一支欢快的歌，作为对观众们的答谢和对"星光大道"的告别。她是欢笑着走下舞台的。她的阳光灿烂和洒脱是否会让那些想以此煽情的编导们反思呢？

　　我曾参加援外合作一个月，就碰到了中秋佳节。朋友B本来忙忙碌碌的，也没把这放在心上。不料，家乡的中秋晚会想到了他，让他与妻儿在电视屏幕上见面了。主持人朗诵了一段"明月几时有，把酒问青天……"之后，不断催问双方，好久不见，有什么感受，是不是很想念，还让他们互相说一句亲热的话，让念初中的孩子也说一句给爸爸听。妻子的话说得很平常，初中的孩子吞吐了半天，也没说出一句完整的话。主持人还在不断地煽情，场面一时有些尴尬。朋友B之后说，本来自己心情挺不错的，这一折腾，又酸又疼的，心态也被搞复杂了，他太太也有这感觉，好像在演戏。这暂别的一个月内，他们原来是每晚都上视频聊一聊的，很自然亲切。我还耳闻一则故事。一位老艺术家仙逝了。他和家人再三关照，不搞告别仪式，不要奏哀乐。他认定自己是顺从天命，离开了"凡间"，步入了安宁的世界。但单位却在处理善后时，还是召集了一个追思会，之前，还放了一段哀乐，让大家默哀。追思会上还组织了几个声情并茂的演员发言，每个都讲得大家唏嘘不止。老艺术家的家人也是泪流不止。还是艺术家的老伴清醒冷静。她让大家止住哭，说这有违先生在天之灵。她说完，就向大家道了谢，先自走了。

巧合的是，我在地铁车站又邂逅过那个小伙子，一副郁郁寡欢的模样。我笑问他，那女孩嫁他了吗？他撇撇嘴，倒也痛快地吐出一句："哪里呀！上次是被我当众逼的，才无奈接受了，没几天就翻脸了，和我拜拜了！"

某一个冬日，我曾去造访戈壁人瑞，一百二十多岁的老汉。挽着他的手，又与他合影，我心中腾起一种忐忑。人家这么大岁数了，我们一拨拨人来人去，不是添麻烦吗？

我遂想起另一位人寿，百岁了，亲朋好友和各方神仙都去祝贺，人寿之前表示想简单地过生日，就家人团聚在一块，不想折腾。没料到，来了那么多人，媒体也来了，地方电视台摄像机始终散发一种似火的热情，喧闹的场面，让这一家子像过大节似的。之后，老人的形象也频繁地出现在媒体上。老人却在闹腾中身体忽然衰竭，不久就离开了这个世界。这突然的变故让家人很是后悔。如果这百岁生日过得清静低调一点，老人是否可以继续平静地生活下去呢？

这一个个故事让我对煽情这两个字渐有所悟。我明白了，煽情放大的效应最终还是失效了，它恰恰就是被真实打破的。

煽情，能时时鼓噪出别人的几滴泪，却违背了别人的意志，最终还是被漠视的。

如此，让一切自然而然，让情感的流露，就像山涧的流水一样跌宕自如，不是更美吗？

谁来释读孝经

吾辈不孝，故常备一本《孝经》，置放于枕边，为的是每每念之、悟之，以恪尽孝道也。

其实，由《孝经》演绎的"二十四孝"，我学校读书的年代就十分熟稔。当时读及"卧冰求鲤"、"为亲负米"等故事，甚为撼动。随之年岁愈久，愈为其中的至诚至善的尽孝而感喟，在不断地自觉诵读之后，对长辈，特别是父母有了更多的敬畏和尊重。著名书法家程十发先生在世时，我曾登门拜访。他解读我的名字，就与我提及二十四孝的故事。他说的是闵子骞。可能是年老记忆衰退的缘故，他误把"卧冰求鲤"张冠李戴了，说成是闵子骞的故事了。但他一说，我就明白了，这位久经沧桑，也颇为博学的老先生是颇具深厚的国学底蕴的。他迅速将我与这古代孝子联系起来，也是对我的一种鞭策。他还即兴草书了一小幅字"子骞之后"，让我倍感珍惜。由此，"闵子骞单衣顺母"的佳话更侵入了我的骨髓。我不知不觉中已承继子骞的衣钵，无论何时何处，勿忘尽孝。《孝经》上说，闵损，字子骞，春秋鲁国人，乃孔子的得意门生。他早年丧母。父再娶，又生二子。后母偏心，对二子嘘寒问暖。冬天时，将最好的棉絮给了自己亲儿子，而将一把芦花凑合着偷偷地给子骞代为新棉衣了。子骞从不吭声，依然十分尊重后母，善待两个弟弟。但某天大雪纷飞，被经常出差在外的父亲发现了。他怒发冲冠，回家责问妻子。妻子丝毫不认错，又使他更加气急败坏，写下了一纸休书。小子骞此时却长跪不起，向父亲求情，他说，今天只我一人受凉，但没了母亲，那三个儿子都得受冻。留下母亲吧。

他的善行感动了父亲，也感动了后母，以后这个家庭其乐融融，幸福和美。我很为自己是子骞的后代而骄傲。子骞对后母尚且如此，何况我们对自己的亲生父母呢！

但吾辈真是不孝，父亲健在时，我没能很好陪伴，哪怕一次旅行、一次户外散步、一次畅怀碰杯……父亲突然病倒，我无暇守护，更无法悉心关照。父亲离世了，那种愧疚和自责才让我时常夜不成寐。这些年，我又远离上海，到了万里之遥的边疆。母亲年事已高，她老泪纵横，却未能挽留我。想起她老人家我情何以堪？我只是一个平凡书生，与虞舜孝感天地相差十万八千里，又与"朱寿昌弃官寻母"无法比拟。我羞愧难当，不成尽忠报国大业，还未尽绵薄的孝心。

我还感叹的是，《孝经》及其"二十四孝"学校课本太少涉及，至今未有教科书一类的释读，也许是我孤陋寡闻。我曾经考问一个中学生，他对二十四孝似有耳闻，却讲不出任何道道，让我良久沉默。尽孝是大善，尊老乃大德。自古以来，成大业者，无不孝道为先。孝乃中华民族之美德。有人说，看此人是否有德，就看他是否孝敬父母，连亲生父母都不尽孝的人，还有何德？也有人说：如果此人真正重孝，再缺德也不会缺到哪里去！不尽全面，却也有几分道理！

　　这《孝经》还是要代代相传的。没人释读，就让我们上有父母，下有后辈的人用自己平常的善行去释读吧，这将是功德无量，也是福荫自己和子孙的最美丽的事！

珍惜在平常

说起来不好意思，一卷卫生纸，我每每如厕，总是胡乱扯下一长条，风卷残云似的，三下两下就折腾得差不多了。临到最后一截，则不再大手大脚了，像女人一般的细致，省俭着使用了。

一管牙膏也是如此。早起晚睡，匆匆挤压一下，一长溜的白色凝状体横躺在毛茸茸的牙刷上了。漱洗之中，大块的膏液被牙刷带出，抛落在池盆里，也顾不上了。到了牙膏快用尽时，不知怎么耐心起来，小心翼翼地挤压，从尾至首地挤压，推拿似的，不留一丝一缕，残存其间。

也看见一位仁兄玩手机，毫无节制，却又虎头蛇尾似的。某一次车游，车上就他不瞌睡，不停地拨打手机，煲电话粥，还频发短信。到电池信号只留下针尖大小时，他变得缩手缩脚了，别人有事借他手机，他都吝啬鬼似的催促人家快些。理由是，电快没了，得省着备用。而适才自己穷凶极恶地手机控的情景，早被他忽略了。

想到读书那会儿，好多同学平常大把大把地挥霍时间，都用在娱乐、交友和看闲书上了。考试日子逼近，就临时抱佛脚，真想把时间掰成几瓣用。

珍惜其实还是应该在平常的。平常的容量最大，最后锱铢必较的那一部分，比之平常的节省，实在是太微不足道了。这样浅显的道理，很多人还是不明白。那种本末倒置的事情，在你我他身上，也就发生频频了。

过年的味道

孩时过年，大年夜家里是最忙碌的。先是打扫，掸尘，拖地，换床被。我是专司抹玻璃的，用废报纸把窗玻璃擦拭得贼亮，然后是热气腾腾的烹煮，一场厨房大行动，这是色香味俱全的全家行动。

爸爸总揽全局，又擅做扬州狮子头，剁肉，调料，拌馅，下油锅氽煮之类，一步不差，环环入扣。煮出来的狮子头松软适当，色泽诱人，咸淡可口，味道鲜美，让人吃了一只又想下一只。而妈妈的红烧肉是绝对拿手菜，直至今天，朋客们品尝了这入味的红烧肉，也都要比原先多吃一两碗米饭的，有的仅舀些汤，就又多吃了一碗，咂咂有味。姐姐们多半做些下手，拣菜洗菜端盘子之类。我虽最小，也有一个十多年不断的节目，就像春晚赵本山多少年不退一样，雷打不动。坐在小板凳上，窗前一只火势正旺的煤球炉，拿着一柄长勺，勺底沾点油水，倒上一匙摇匀的蛋液，饶有兴致地制作蛋饺。一个又一个，乐此不疲，半天光阴都泡在上面了，直至我成家了，在家过年，我还是操此活计。

这一顿全家人出力的年夜饭，真是奇香无比，家人围坐在一起，也是快乐无比。还看着爸爸变戏法似的，从衣兜里掏出一叠纸币，都是挺括崭新的角票，分发给我们。这就是盼望已久的压岁钱了。我们笑逐颜开，年夜饭因此也进入了高潮。其乐融融，仿佛就在昨日。

爸爸也会放一会儿鞭炮，二脚踢和连环炮，虽然并不太多，但喜庆的气氛已在烟火味儿中浓郁起来。

那晚，我们早早睡了，父母亲还在灯光下忙碌，搓圆子，备糖点，还为我们整理好簇新的衣服。

大年初一清早，从梦中醒来，父母早已起床，又忙得不亦乐乎了。床头柜上，已放置了红纸包裹的香糕和红枣。我们蜷缩在被窝里假寐，都不想最先起床开口。因为今早醒来，必须先道一声："爸爸、妈妈过年好！"有点害羞。想拖延着，就随着姐姐们叫一声。有时也就鼓起勇气先叫了。爸爸妈妈便递上香糕、红枣，也回敬一句：过年好！过年的第一天就这样开始了。

爸爸病瘫在床期间，大年三十，全家也一起陪着爸爸过的，当然，除了妈妈还煮几碗红烧肉外，爸爸的狮子头等已无法品尝了，我也无心精细地制作蛋饺了。而当爸爸仙逝之后，我们十余年，没有在家团聚吃年夜饭了，全家厨房大行动，也偃旗息鼓了。

与很多人家一样，饭店成了吃年夜饭的去处。省却了很多麻烦，人也轻松一些，可那种其乐融融，却又淡然寡味许多。心，未免怆然。

一年又一年。什么时候，能摆脱一些事物，也安定一下心神，能和妈妈及其家人，再全家大行动，自己烹制一顿年夜饭呢？菜肴可以发生变化，但不能少了妈妈的红烧肉和我的蛋饺，让姐姐也露上一手，她早已学会了红烧狮子头。举家围坐，让在镜框上的爸爸也微笑着注视着我们，在天堂里，也感受一样的团聚和快乐。

最美丽的周老师

她是我们同学公认的最美的班主任老师。时光荏苒，她的美在我们的记忆中愈加纯粹隽永，愈加让人思之殷切。

她却是处罚我最严重的老师。那时，读小学二年级，下午课后，教室已上了锁，我和几位同学从窗口攀爬入内，将几张桌椅拼凑成了长方形，和乒乓球桌差不多大小，拉开了阵势，推挡，扣杀，板上生旋……周老师发现了，我算是带头的，被叫到办公室，一顿斥骂，还让我摘下了红领巾（那时首先佩上红领巾的，是好学生呀）。

还有一次，也是我第一次，让一位男生代转一位女孩一张纸条，无非是朦胧的情感而已，也不知何故周老师又知道了，找了我姐姐，但姐姐自然也不会多说我什么，我心里却窝着一阵难堪，羞惭难当。

可是这些都没有在我心中生出一丝怨怼。读完二年级，她就调离了，我心里却从未有过的惆怅和忧伤，很长一段时间郁郁寡欢。最直接的反应是，我们对新来的班主任老师情绪抵触。和她捣蛋，背后损她，班里的活动也不积极。老师常常被我们搞得下不了台，除了苦口婆心，也奈何不了我们。骨子里，像是这位后来的老师，把周老师给挤走了。她在我们眼里，就变成老巫婆了。这是一起无法平反的冤案。在此也要向这位善良的老师深深地致歉。很多年再细细思量，她还真是很看好我，也挺关心我的。可以肯定，我及同学当时小小的逆反，是伤害了她的。这是另一个话题了。

而周老师的美丽，是如此令我们难忘。她本就是一个恬静贤淑的年轻女子，身材修长，脸庞清秀。她给我们朗诵小说《闪闪的红星》片段，给我们讲故事，抑扬顿挫，嗓音柔美，其情其景，诚如春雨，沁人心脾，在我们的幼小的心里，她真是完美无缺。

区少年宫办培训班，培训小故事员，学校只有一个指标，周老师争取到了，给了我，让我激动莫名，也洞开了一个世界。到鲁迅公园祭奠，又让我和另一位男生，代表全体师生敬献花圈，也让我心里升腾一种温暖。我常常想，是不是就是周老师当初这些细微的关怀，培育了我也呵护了我的文学情结和敏感善良的心。

一个降雪的周日。我们几个小学生相约，由浦东至浦西，踩着吱吱作响的积雪，搜索到了周老师的家。这是一趟远门了。周老师调离半年有余，我还是三年级的学生。周老师一定没想到学生们大老远来看她，留了我们吃点心。这时，我们才知道她成家了，先生也是一位老师，戴着眼镜，不乏儒雅。他还热情地招待我们。我们告辞时，走了很长的路，她还在门口站立着，向我们招手。

一别十年。当初的小学同学在经历了初中、高中和高考的几次残酷的筛选之后，同班的就只剩一个了。我所在的理科班是学校的佼佼。同学也几无往来。高中毕业之后，有同学召集聚会，把周老师也请来了，她像我们心中的女王，我们难抑激动。她的模样变化无几，还是那般温雅。我彬彬有礼地与她攀谈，她说，她还记得我当时穿着军装的模样，挺憨厚和精神的。我很高兴。但对当时的一幕场景也挺反感，像吞吃了一只苍蝇。一男一女两位同学，当数比较风流人物，当着大家的面调起情来，共同扒拉一碗饭，扭捏作态，至今想来，我心里还是受堵。你们俩搞什么鬼勾当都可以，但别在周老师的面前如此这般呀！这是对周老师的亵渎和污辱呀，也是对童年的圣洁和美好的玷污！周老师却什么都没说，和大家平静地说笑着，置若罔闻。我恼怒地注视着他们，终于，也一声未吭。

又很长时间没见到周老师了，有次姐姐告诉我，她在路上与周老师擦肩而过，她与姐夫轻声耳语，说这是我小学老师。此话竟让周老师听见了，她回过头来，微笑着点头，和蔼地问我还好吗。

原来以为老师早把我给忘了，却还这么清晰地记得我，心里便暖融融的，很想去看望老师，或在某一个教师节寄上一份祝贺，真挚地写上"师恩难忘"。但终因忙碌和粗疏，至今只是留于想象之中。

大前年，又有热心者召集同学会，我因公务繁忙，只最后匆匆赶去了一会儿。召集人专门把我安排在周老师的座位旁。我得以近距离地接触心目中最美丽的老师。老师已近古稀之年，鬓发斑白，岁月在她脸上镌刻了细碎的皱纹。最感觉心疼的是，她似乎萎缩了，比我记忆中要矮小许多。但老师的目光依然平静、慈祥。那娴静的气质，如同兰蕙清幽，典雅雍容。

有人也许会不以为然，甚或对我的赞词并不信服。我也知道，我们对周老师的那份美好的情感，也蕴涵着对美好童年的怀恋和向往。但我还要说，周老师是美丽的，祝这份美丽天长地久。永远在我们的心里。

爱是最宝贵的

朱大珪先生拥有一个其乐融融的汉维联姻的家庭，我早有耳闻，而想登门一睹的愿望，在一年后才得以实现。

三月的一个周日的下午，喀什的天气颇令人喜出望外。昨晚还是尘霾压城，让人喘不过气来，此刻万里晴空，天穹瓦蓝，云朵洁白，熙来攘往的人们，笑容也更显灿烂。在本世纪兴建的一个普通的职工住宅小区门口，我又见到了正迎候我的朱大珪先生。他个子稍矮，谢顶，眼镜片后的那一双眼睛，依然亮而有神。一个多月未见，他倒显得更结实和精神了。

进入室内，很快感到了温馨的气息。他的夫人巴哈古丽微笑欢迎。她着一身维吾尔族衣裙，绿色的毛衣，齐膝的褶裙，显示在家的随意。长得完全是维吾尔族人的模样，挺直的高鼻梁，明亮的大眼睛，是一个和蔼可亲的大妈形象。以至于我脱口就叫了一声："大妈"。后来一想稍有不妥，也许叫嫂夫人更为合适？

客厅正面墙上，一幅大尺寸的全家福令人关注。朱先生夫妇俩的介绍，每一个语句里都充满着爱与幸福，我在心里解读时，也感受到这种爱与幸福，像微笑一样，在每一个人的脸上盛开；也像空气一般，在这洁净的屋子里飘漾。

在照片上，我发现了这三代人有两代是汉维通婚。第三代，也就是朱先生的孙辈，最大的还只十六七岁。而在之后的交谈中，我又获知，朱夫人的父母亲也是汉维联姻，而且有着一段艰难而又令人感喟的婚姻历程。

朱夫人的母亲是道地的维吾尔族人，出生大户人家。从河北赴疆的朱夫人的父亲，则是汉族人，他与朱夫人的母亲相识相爱，但遭到了母亲家人的极力反对和阻挠。母亲勇敢而有主见，他们私奔了。当然，更拥着炽热的爱恋，家里人也开始了追寻。从库车，到阿克苏，他们险些被家人堵截。直到他们又一头栽进了喀什巴楚，那个拥有数百万亩原始胡杨林的天地，家人才不再出现。这一路，大约一千二百多公里，他们的爱情才找到了一个容身之处。

这是解放以前的故事了，封建社会的枷锁，还很残酷，这一段婚姻也是可歌可泣的。

相比之下，朱先生是幸运的。当中学毕业的朱先生，血气方刚地在1955年的夏日，一头奔向新疆广袤的大地时，新中国已经诞生多年，新疆也已和平解放。六十年代初，他参加

"社教"，由喀什派往巴楚工作，有幸结识了朱夫人，他们情投意合，欲结为连理。朱夫人的母亲又一次表现出了知识女性的开明，就像当年自己私奔一样的坚决，对女儿的婚事也予以了毫不犹豫的支持。

问及他们婚后在习惯上有什么差异，朱先生干净利落地回答："没有！唯一的区别就是，我们家不进猪肉。"朱夫人补充了一句："我们家随我。"客厅的茶几上，摆放着大大小小的杯碟，摆满了核桃、葡萄干、巴旦姆等各类干果，这佐证了朱夫人的补充，那是当地民族最为常见的一种风俗习惯了。热情劝吃干果，也是维吾尔族待客的礼节。朱夫人也几次让我们吃点干果，也是这番风俗和情意。

这对恩爱夫妻，新婚伊始也遭遇过厄运。朱先生酷爱写作，有段时间喜欢上了杂文，也发表了不少。但在"文革"期间，他被作为"三家村"分子，横遭迫害。朱夫人还清晰地记得，新婚才22天，朱先生就被"提溜"走了，关押、审查、批斗持续了半年之久。后来又移送郊外劳动改造。那时，朱夫人已怀有身孕，但仍腆着大肚子，长途跋涉去探望朱先生，给朱先生送去了春雨般的关怀。

那一段时间，朱夫人也是忧心忡忡，前途未卜。但她对朱先生不离不弃，因为她心里有爱。

这一段磨难，朱先生至今回忆，都感叹唏嘘，对夫人的情感也甚为真挚。他说倘若没有夫人对自己的恩爱有加，他那时都不知道该如何支撑下去。

40多年的风风雨雨，朱先生说，我们夫妻从未红过脸。在朱先生书房的床头上，还挂着一张以碧蓝的大海为背景的新婚照，是几年前朱夫人提出去拍的，这弥补了他们30多年结婚之缺憾。照片上的两位老人，相依而坐，脸庞依然生动，目光也晶亮清澈，那一句"爱你万世纪"的题词，让画面倍添了浓浓的爱意。好一对幸福的人儿！

我想起春节前朱先生讲述的一段故事。

他说，他今年75岁了，人必有一死，这个年龄总得想想自己的后事了。但他十分犯愁，就是一旦妻子也辞世了，他们如何合葬。因为他们夫妻很特殊，他是汉族人，而妻子是维吾尔族人。在喀什，这样的合葬不符合民俗。妻子信奉伊斯兰教，不会随他在汉墓合葬，而他要与妻子合葬在麻扎(维吾尔族语：坟墓)，就必须皈依伊斯兰教，从现在开始，每天得做乃玛孜(礼拜)，念古兰经，而他又确无这一信仰。倘若让他们夫妻俩分葬各处，他们也死不瞑目，他们是患难夫妻，当年他因文字被贬为"三家村"分子，维吾尔族妻子对他不离不弃，倍加呵护。结婚四十多年来，他们从未红过一次脸。

那天，他从北京出差返回，在乌鲁木齐停留。在乌市经商的大儿子宴请父亲，还叫了几位朋友作陪。朱老先生就又提到了这件堵心的事。没想到，儿子的几位维吾尔族朋友说，您老一点也不用担心，喀什那里民俗过重，不便安排，您和妻子百年后，我们在乌市给你们妥善安置！他闻言，顿时心头一亮，随之，老眼泪花迷蒙。这样一个老大难题，在热心的年轻人那儿，就这么迎刃而解了。

那一份真情爱，那么深厚，那么醇香，那么悠长和感人至深……

朱先生曾经写道：生命是爱的结晶，人生是充满追求与创造与品赏的爱的过程。

无论贫富贵贱，人生都可以如诗如梦，生活都可以如歌如画，关键在于有没有爱。

告别时，我听见朱夫人说了一句："我们家充满爱。"

是的。爱是最宝贵的，无论如何，因为有爱，这世界，这生活，这平淡无奇、甚或苦难遭际，都会变得美好起来……

真诚地祝福他们！

向自己
道歉

道歉

向自己道歉

我想停下来，等待自己。

这么多年，每天，每时每刻，我都像出膛的子弹，要么在枪膛一级战备，要么就在出征途中，要么就在目标地拼搏刺杀。

我正被拼搏的外衣裹挟着。此生不搏，更待何时，这句话一直像一把火，在我的心里燃烧。我像加注了无限动力一般，像一个装上了永动机的陀螺，不停地旋转着。几近疯狂，故被称为"工作狂人"。我乐在其中，忘却了自我，我乐此不疲，不知自己是谁了。我就为了眼前的事物，全身心地时刻准备着，全身心地扑向目标，套用一句姜文的电影名：让子弹飞。呵呵，此时此刻，我才觉得这个名字起得真实美妙无比。

远方，有一个完美的标杆，我想飞快地逾越。我想完美。我想坚不可摧。我想无所不能。我想，我应该是上帝派来的一个完人。当然，上帝只是一种代名词，你说造物主，你说老天、上苍，都可以。我只是想完美无缺，让每一个人都赞赏，都欢迎，即便是小人，也会终有被我感化的一天，为我喝彩。

我把时间安排得十分紧张。我把睡眠浓缩到了不能再短的时限。我闭眼之前，也满脑子的工作事儿，起了床就琢磨今天的活儿。而有限的睡眠被我折腾得黑白颠倒，梦里梦外，思绪不端。

这是无法回避的现实。一连数月半载，我失眠连连，即便吃了"安神"片粒，我也无法"安神"，脑子兴奋得睡意全无，白天的事儿在脑海里扑腾，浑身疲惫，身心完全分离。

我不贪杯，三十岁前还不太沾酒。后来我豪兴大发，为了公务，也为了友情，当然也为了彰显豪气，大杯喝酒，一口满杯。今晚喝了，明天继续，替领导喝，也替部下喝。敬领导，也敬部下。来者不拒，还主动挑战。工农兵学商，领导说喝，就喝，喝高了，还喝。喝出了一批新天地，结识了一批好男儿。喝得忘了自己曾有过的胃窦炎、胃溃疡、胃糜烂、十二指肠溃疡。喝得周身热血沸腾，工作斗志日益高涨。

我把责任都挑在自己肩上。为工作，为单位，殚精竭虑。我把幼时"不创作，毋宁死"的信仰都抛之脑后了，我把三十岁前养成积淀的艺术慧眼，都视之为前进的障碍物了。

我把自己的苦难，埋藏在心里，从不向人述说。我不需要同情，也不希望心绪灰色地飘展。我要将苦涩，融化在自己的血液和骨髓里，凝成一种特质，锻造自己的意志和品质。

我把修养作为一身的冶炼，让苦难来得更猛烈些吧。

我没错。我至今不悔。我别无怨艾。

但我今天要停一下步子，我想等等自己，并要向自己真诚地说一声道歉！

那一天，只是偶尔，我打开了电脑，被别人在电脑设置的一段背景音乐，所深深感动。音乐似水流淌，漫过我的身心，我突然轻盈无比。有人说，人轻就能上天堂，人轻就能见上帝。我还没轻到这一个地步，但我感觉见到自己心中的上帝了。我听到上帝的一声轻微的叹息：你怎么把这么好的音乐都忘记了呢？我确信听到了这一声叹息。我也觉得自己的身子跟着心灵震颤了一下。像打了一个喷嚏，迅即而猛烈。跟着，我听到自己在说，我是不是迷失了自己？

我迷失了自己。有好一阵子，而且是我人生的韶华。这种迷失虽然是不必追责，不必后悔和怨艾的。但会给自己的人生造成缺憾。

一个机器人，人家是无关乎它的情感感受的。一个工作狂，即便给予你一点语言的安慰，也只是浮光掠影，滋生不出多少暖融融的春意。

机器人可以没有，但你却不能疏忽这些。你关注自己的身心需求了吗？

我们不是唯物主义吗？怎么对精神追求一直不竭余力，而对真正的物质，身心部分却藐视多多呢？只愿意把更多的时间花费在具体事务上，而对心灵按摩的需求，却觉得是一种奢侈。捧读书本少，倾听音乐也几乎停止了，创作于我而言，是一种忘却烦恼、让心灵轻松度假的好选择，在什么时候，也疏远了呢？

修养，说穿了，就是整治自己。把自己整治得痛苦不断，也该让身心做一些愉悦地憩息和调整吧。

还有你的肢体，你的五脏六腑，你的心血管，你的神经脉络，你的肌肤皮毛……

难道，它作为你付出了这么多，这么久，你连一声谢谢，一声道歉的话都不该说吗？

我的身心总不是麻木的吧。

我的身心已帮助了我好多。魁伟的身躯，还要顶着我的姓名抑或笔名一路昂扬下去。

而且，百年之后，我的姓名和笔名或许还像灵魂一样时不时地飞扬着。而我的身心必然已化为尘土，人世不再，无处可寻。

我无法不正视自己了！

向你道歉，我自己！

从此我要懂得你的存在，你的意义，你的非凡。我要珍惜你，关心你，呵护你。每天，哪怕拿出一点点时间，来关照你。

你的饱满、精神和轻快，都是我幸福和大踏步前进不可或缺的力量。

向自己道歉！让自己活得更加真实和人性！

把时间留下来

　　我知道我说的是一句脱离现实的话，但我仍要坚持这一想法。我相信，只要努力，时间的逝去同时也一定会留下什么，给你，给我。

　　时间流逝得真是太快，而且无情无义。"子在川上曰：逝者如斯夫！"很久以前念过的一首古诗，就描写过时光如流水一般，抓也抓不住，真是无可奈何。大自然实在奇妙得很，有许多无边无际的东西，比如时间、空间。时间就如滔滔奔流的水，一去不回。但我真想留住什么，现在我可以直截了当地说了。我曾经写了一首短诗在微博上，由于写得含蓄了一些，有些朋友还以为我写的是挽留情感一样的诗文了，让我忍俊不禁。

　　白天实在太忙，一点由不得自己，但夜深人静，洗了澡躺在床上，时间仿佛就是自己的了。虽然短暂，要早睡，明天还要早起，仍有一大堆的工作在等待着了。静心一会儿，拿起置放在床上的写作本，我开始了与时间商洽的过程，我想把她留下来。这一天发生和经历过什么样的事情，即便大多很平凡，毕竟也有一些有趣和有意义的事情可以记录。也许还有烦恼，还有困惑，还有十分的不愉快，也会有感悟、有思考、有对人生豁然开朗的一面。这些，都是今天的时间铸成的，把它们记下来，就是一种保留。当然，不是流水账的纪实，有时候，更需要用艺术的笔触去提及，用艺术的思维去提炼，用艺术的想象去生动地展现。于是我不仅记日记，我也用散文、小说和诗歌去记述生活。

每天晚上，依靠在床上，我就让自己神思飞扬，让自己的笔与写作本欢乐的摩擦。我知道，三五知己小酌，朋友邻里打牌，也自有情趣，不乏欢乐，对身心也大有裨益。但我还是选择了这份孤独，这份独有的快意，去留住正在消逝的时间。当一个个精灵般的文字在我笔下生成时，心情是愉快的。

我的一位朋友一直感叹时光易逝，信奉今朝有酒今朝醉的及时行乐的生活哲学。但这一切并没让他快乐和充实起来。在经历了一场车祸之后，他恍然明白了，生命脆弱，务必要珍惜每一天，要给自己，也给后代子孙留点什么。他于是重拾早年作曲的爱好，每天工作之余，潜心作曲，几年下来，有好几十首歌已被填词演唱，很受欢迎。当他将第一张音碟赠送给我时，我笑着说，你已把这几年给留住了！他也十分兴奋："多亏了那次车祸，要不然，我把时间都给荒废了！"

前些天，也就是"五一"期间，我写了一首短诗，并在微博上传。诗是这样写的："这一天又要过去了，我知道她执意要走，走了就不再回来。我想留住她，我捉住笔，我只有笔。我得捉住点什么。倚在床头，放任想象，如同运用意念一样。我不吸烟，屋内却烟雾缭绕。走与留，有一些摩擦，完全自然而然。后来产生了火花，溅落在我分行的文字里，凝成颗颗珍珠，隐约闪现。我明白，我可以安然入梦了。"诗的题目就叫《把时间留下》。微博上一发出，即刻引来了微博博友的纷纷评论和转发。也有的因此引发感慨：我也真的想把它留住，但它却匆匆而过，过去的时间如同梦境，有的留下了记忆，有的却无从想起……有的给我发来私信："我从此也要记日记了，要把时间留下来。"

这是多么美好的想法呀，把时间留下来。并不是梦幻。大自然赐予了我们很多，就让我们都不要辜负了她，用自己快乐的方式，去留住她吧。

是拥抱，不是沉没

在九华山，我与大主持圣富法师晤谈。我说为什么到了我这个年龄，吃苦已算不得了什么，还很想多吃点苦，吃了苦方觉踏实。我知道，我的同龄人很多都视艰苦环境为受罪，把追逐优越的生活、工作环境作为首要选择。圣富法师沉吟片刻，只是说了一句：人生就是苦海，吃苦是必须的。

我的一个同学告诉我，他们不少人都很不理解我的选择。同学中我也是为大家羡慕的所谓成功人士，已经有一个不错的职位。我却毅然走向了援助贫困地区的队伍。那些受援助的边疆地区是典型的发展落后的区域，气候干燥，春天还都沙尘遮蔽，条件自然艰苦，又远离家乡和亲人。你这不是自找苦吃吗？也有一些关心我的领导和同事发问：你什么地方不可以大展身手呀，要到这么遥远的地方艰辛的工作。我深深地感激他们的同时，也坦然相告，这也是一次难得的机会，对我这从未离开过大都市的人来说，能在壮年承担这一重任，实在幸甚。我真不是矫情。我们这些在糖水中长大的城市人，已够幸运，已够幸福，天天都是好日子，有时也不知是啥滋味了。暂别故乡，去到广阔的疆土感受人生，奉献自己，苦中必有乐。说得轻飘一些，你老是蜜糖不离口，偶尔尝一下咸苦，是否会倍感甜的滋味呢？三年援疆，真是人生中的"偶尔"。想当年上海数十万知青奔赴边疆，那时条件更加艰苦，还不知何时能够重返故乡。有的人将生命都最终埋葬在那片神秘的土地了。如此一想，我现在经受的这点苦，又算得了什么。我的一倾诉，也常常会赢得众人的真诚理解。这理解又平添了我不少自信和快乐。

苦，还真的是可以有乐的。那种乐，远比信手拈来、随心所欲、甚或只是器官满足的快乐要深沉得多，持久得多，很养心养神，如上好的醇酒，愈久弥香。

我还认识了一位上了年纪的老教师。每年暑假，他都要到贫困地区去支教。回来后精神更加焕发，眸子里透露出的光彩，让身边人甚为感动。他自己说，他每年一次的支教，不是恩赐别人，而是自我救赎。在帮助别人的同时，让心灵得到充实和安宁，也更珍惜生活，知晓未来。

有一位腰缠万贯的富翁，我挺佩服他。不是羡慕他赚了多少钱，而是他时常会定期到艰苦的地方去跋涉走访。而且从来都是朴素的衣衫，简单的行装，节俭的住行。感觉完全就是一个平常人出行。他去过国内的许多贫穷地区，有时要呆上数十天，过着原始部落人一样的生活。他对自己两个儿子的要求也非常严格。他们念小学时，都让他们在寒暑假与自己同行，过艰苦的生活。有一次，儿子从山坡下踩空滚落，几乎奄奄一息。但孩子痊愈之后，不管妻子如何央求，他还是执意让孩子继续与自己同行，在滇西的一个山坳又住了一段时间。

也就是这位老兄的刻苦培养，他的两个孩子都已被锤炼得十分成熟。大学毕业不久，就为他分担了许多事业上的重荷，完全不同一些纨绔子弟，仿佛久经生命的历练。他说：不愿让孩子吃苦，今后必然自己吃苦。

"股神"巴菲特也是育子有方，以至于其次子彼得·巴菲特感叹说：亿万富翁的子女出生时嘴里含的金钥匙，有可能成为插在其后背上的"银匕首"。真是说得颇有哲理。

梅花香自苦寒来的道理，这里不用赘述了。成功之后，再去经受苦难，那种锤炼，是更加可贵的。人生也难负痛苦，在痛苦中感悟，在痛苦中奋起，也一定具有更持久的耐力。

前段时间，与几位朋友闲聊，又扯到痛苦和自找苦吃这个话题。大伙儿掏心掏肺地说，谁没吃过苦，有时痛苦真是财富，你拥有了它，会心灵更纯净、人生更幸福。我很有启发，在返疆的飞机上写了一首短诗《拥抱痛苦》，发在了微博上。短诗是这样写的：人生的第一声啼哭，就开启了痛苦的序幕。既然痛苦就是生命的底色，何不就在上面翻翻起舞。很久以前饱尝的痛苦，很久以后就凝成了甘露，在我虚弱不堪之时，缓缓地注入。胸膛上深剜的伤口，现在长成了沧桑，如同勋章一般，耀眼夺目。我不是炫耀痛苦，拥抱也不等于沉没。如果幸福是一片圣湖，痛苦就是路，只有这条路，才能顺心地追逐。我在经历一场痛苦之后，往往脱胎换骨，身心轻盈，也愈加透明了，宛若一颗晶莹的珍珠。倘若更大的痛苦即将来临，就让我们深情地去迎接吧，迎接这上帝的礼物。

发布不久，就得到了许多微博友转发和评论的礼遇。有的熟悉的朋友还给我发来短信，表示强烈的共鸣。

我明白，痛苦与艰辛还是有区别，但也是相关联的。不论是艰辛还是痛苦，对现代人来说，真愈益弥足珍贵，在艰辛和痛苦的天地穿行，也会绽放出更加美丽的人生花朵来。

拥抱痛苦和艰辛吧，不是沉没，而是在痛苦和艰辛中寻找到真正的、纯粹的幸福。

我就是您的礼物

一年一度。呱呱落地后就没有停止。礼物，从出生满月开始，也不间断。丰盛得就像千姿百态的世界。也许，很多人认识这个世界，就是从礼物这一万花筒，包括万花筒这份礼物起始的。生日礼物，你像鲜嫩饱满的葡萄一般，闪烁着诱人的光泽。

诸多生日，都是别人赠给我礼物。以前也会客套，让亲朋好友不必破费，更婉拒名贵奢侈品。有的礼物拿了也是多余，很快转送给别人，心里才不至于受堵。当然有的礼品可谓礼轻情义重，转赠就不妥当了，便作为宝物一般收藏着。只是不知何时会打开一瞧，也许是遥远的老年时代吧。伴着怀旧金曲，作一番美好的回忆。

生日受别人之礼，我总有些忐忑。因此长大之后的生日，一般都是小范围的。属于低调处置。就一些家人传统式的一聚，免了许多礼仪和套路，礼物当然就免去了。有几次，我只是通知大伙儿一聚，生日只字不提，只是家人备了蛋糕和蜡烛，也就会招来一顿嗔怪，但隐瞒完全是善意的，不会得罪人，那份生日的氛围和真情祝福还都在，与物质没有一丁点关系，反而显得更加真挚了。

年轻后生的生日我是见识过的。礼物更是五花八门，摆放在那，真是琳琅满目。时下帅男美女们一个生日，至少得过一个礼拜，光礼物就令人目眩。有的礼物尽是名牌，有一回，就见一个小帅哥赠送一位美女一套香奈儿品牌的化妆品，据说快近万元了，而这小帅哥刚找到工作，那美女也只是他一般的女性朋友而已。问为何如此，他说不这么出手不显哥们义气，这算不上什么！是真女友，送上宝马奔驰什么的，也是意思意思了。当然，那是富家子弟所为了。

儿子生日，我只给一份纪念性的礼品，他上初中后，我还每必赠一首自己原创的诗作给他。是对他寄予的期望和祝福。豪华奢物，我是即便有实力，也断不会送的。送了，反倒害他。

实际上，生日别人赠送自己礼物，我总觉得不太合逻辑，至少并不周全。生日自然是一个人值得纪念的日子，但这纪念有点肤浅了，或者直截了当地说，有些主宾倒置了。十月怀胎，最艰难的当是母亲，当脐带剪断的那一瞬，你从母体中独立出来，此刻母腹的余温还在，母体的营养和馨香，还将长久地留存。那时懵懂混沌，也许一声响亮的啼哭，就是向母亲表示的问候。那么，当涉世已深，知晓了人间真谛之后，在自己的生日，向自己的母亲送上最深情的祝福，应该像一江河水向东流一样顺理成章了。这样的生日，一定过得更有意义。

我在以后到来的生日，一定要备多份礼物。一份，首先是献给我母亲。母亲的养育之恩，恩比天高，情比海深，她对我就是给予，从来不向我索求什么，我每年的生日，她也早精心准备了礼物，给我欢欣，祝我快乐平安。她年事已高，我还不能在她身边尽孝，我羞惭难当，自责不已。我就是母亲心头的一块肉，自脐带断开的那一刻，就与母亲愈加亲密，不可分割。我的喜怒哀乐，我的冷热病痛，母亲仿佛也都能时刻感知，一句叮咛，一声关怀，一缕目光，都浸透了沉甸甸的母爱，此时此刻，我送上一份微不足道的礼物，道一声母亲您好，那一声问候和祝福中，是孩儿的一片心声，是献给母亲的生日的颂词。

我还要备一份礼物赠给吾儿。他已长得比我高了，一个半大小伙子，一个身材魁伟的男子汉。他正从少不经事中走出，人情世故在他的眼中渐渐清晰起来。我得尽一父之责了。我送给他的礼物，是要告诉他，父亲又长了一岁，父亲对你的期望也愈来愈实在，我并非奢望你某一日飞黄腾达、出人头地，也不期盼你惊世骇俗，无人类比。我只希望，你路走得正，身子站得直，肩膀扛得住，目光像喀喇昆仑山的冰川一样永远地澄澈。祝福你，儿子，在爸爸的生日给你一番诤言。

还有一份礼物，我要献给我的父亲。他给了我作为男子汉的精神和品格。他像一棵树，是我永远不变的榜样。但他已无法亲手接过我的礼物了，我就在他的坟前，为他点燃一支烟，烟雾袅袅，思绪翩翩，阴阳此刻已然相通。父亲生前我与他交谈不多，此时我要借我的生日，将所有感恩、感谢的言辞和盘托出。沉默此时不是黄金。少言寡语也不是两代男子汉独有的情形。我要说，父亲，我爱你，我就是上帝赐给你的礼物，我好好的生活，就是你希望看到的一幕。生日是我一年总结的时候，也是对你一次心声的倾吐，一次坦然的汇报。

还有我的家人和朋友们。

生日，是自己的。欢乐和祝福奉献给亲人和朋友，我把生日的礼物赠送给家人和亲友们，我要说，你们在，故我在，你们幸福，就是我的快乐！

失眠的诗意

失眠，就像噩梦，每个人都不可避免地经历过。也许只是程度和频率各有不同。有的人被失眠缠绕得困苦不堪，本该是养神补气的时光，却愈显憔悴，欲罢不能，心也愈急如火焚，甚至有生不如死的感觉。这让我想到为不够弹性的自行车轮胎打气，气老提不上来，轮胎却忽然瘪了，不知什么地方又漏气了，只一声深深的叹息。

我也有过失眠的痛苦。还是十来年前，被繁重的工作压得喘不过气来，又尽是完美之想，就全身心地投入工作，连睡前睡中，都想着白日的工作，搁置了所有的爱好，极度疲惫不堪。但到了夜深人静，理应进入梦乡的时候，就不能如愿了。把个床铺折腾得够乱，羊鸡之类，不知过电影一般默念过多少遍了，硬是弃不了这现实，进不了梦。烦躁升级，欲速则不达，如困兽一样，正想吼叫。怕家人邻里担心闹鬼了，才按住了自己，喘几口粗气。

最鬼的是，我终于顶不住吃药了，吃的是一种安神片，中成药。据说有人吃得很灵。我吃了却毫无见效。吃了也不见效，就更猴急。脑子坏了似的兴奋不已。差不多挨到凌晨五六点了，倦意却上来了。入梦不久，就被骤响的闹钟，毫不留情地叫醒。又不得不痛苦地艰难地爬起。一是责任，还有一个是信念。它们像是魔鬼绑架了我。

恶性循环。直至我开始拾起曾经的爱好：文学、音乐……开始恢复健身，快走，游泳……

然而，还会有失眠常常袭来。我却不再惧怕。相反，从中找到了乐趣和诗意。是的，自从幼时喜欢上了诗歌，我就坚信，诗到处都在，万物皆可入诗，何况这文字中就折射出诗意的失眠呢。是的，我在失眠中找到了诗的情趣和意味。

从此不再折磨自己，与睡神抬杠。能睡则安然入眠，醒着就拿起iPad即兴写诗，心静如无风之水，只有自己时不时蹦跳出的连珠妙语，像鱼儿一样啄破了水面，让水面荡漾诗一般的涟漪。心，在如此幽雅静美的氛围中，显得愈发从容沉静。

我每晚最晚的姿势，倚靠在床上，捧着书，胡思乱想。有时候，还在笔记本上涂鸦。把白天的怨喜烟雾一样倾吐，将难言的期盼在梦中抒放。这姿势并不优雅，可一定最自然流畅。一弯新月，在天穹任性高挂。明天不知阴晦还是阳光，今日也叠进了记忆的船舱。可这种姿势，是一天的收官，是人生的实相。别说这未必健康，它注定是自由和率性的流淌。

现在，这已不是睡前的独有。失眠之时，也定格成了这一幕。那份在天穹高挂的任性，感动了月亮，也感动了睡神。他老人家不让我早早入眠，并依偎在他的身旁，是他的失算，也是他自己对自己的惩罚。

　　本来，我可以在梦里为他多多歌吟，那每一句诗，每一首歌，都属于他的。事实也是，我迄今未就梦中的诗文拿给媒体发表。恐怕在出梦之前，我把它们都奉献给了神圣不可侵犯，却开始知晓我的睡神。

　　一个有力的佐证是，挥洒诗篇，放飞微博之后，我放下iPad，迅速入梦，无遮无拦，一路香甜。这就是睡神对我刮目相看之后的青睐了。想必睡神也是爱诗的老者。我在失眠时曾经宣言："用诗歌能够唤醒的人，他的心里还有一处明净。"敢情睡神也像我的微博粉丝，被撼动了。只是没在微博转发和评论，而是将它付诸于行动了。由此联想，那些数不清的羊和鸡们，也早就吵得睡神不安宁了，他自然也将他们怠慢在梦之外了。诗歌无疑更是睡神乐于接纳的贡品。

　　你想象不到，我在这两年的失眠时间，炮制了三百多首诗，上千条"明"人"明"言（短句，也可谓一句诗），还有数量可观的短散文，短小说等。不是粗制滥造，至少它们大都已栖落在省市级报刊上了。文化也是生产力，失眠的诗意中，也蕴藏着生产力哩。这就够实沉了！

　　有一个夜晚，我睡了两个多小时，不知怎的，睡神又把我赶出了梦境。我又像当年微山湖上的游击队员，不过不是拿的土琵琶，而是洋iPad，我中指翻飞，一句句短句的诗，无声地翩然而至，又翩然而去。神秘而又美妙地登上了微博。我可亲可爱的数万名粉丝，倘若也在失眠之中，就可收到我这博友加失兄，这神奇的失眠礼物了。

不敢正视失眠，厌烦甚至恐惧失眠，失眠就更不那么听话了，成了挥不走的羊，阻挡了你的梦之路；不要为失眠而焦虑。与失眠平静相处，甚或享受失眠，天地会为之开眼；失眠，就是让你心灵独自面对，独自冷静的时间；失眠，就是让你思想沉淀、灵魂开窍的时间；在失眠之中灵感乍现，在睡梦走神时觅得醒世恒言；失眠，也可以是一种醒着的休息。闭上眼，宁静的时光，在脑海里悠悠潺潺。身心，正在舒缓的秋千；好吧，我也不想错过此刻的失眠，即便他或她是不约而来，我也想静静地与他或她相对无言，共同迎接飘忽的各种闪念。晚安，失眠的朋友。好运常在。好梦会来。

有兄惊叹："失眠也这么美呀！"有人留言："太棒了！是治疗失眠的灵丹妙药呀。"还有一位过于兴奋了："大师呀！"我也随即感叹："哈哈，只要不是'老军医'就好！"

真是神奇。

是的，是因为你不怯于失眠，随性地放松了你自己的心情。失眠因此与我有约，也可以变得美丽了。

一生只做一件事

　　人到中年，想到自己一事无成，总就生出诸多感慨来。穷尽一生，自己究竟能做多少事？

　　想法颇多，是因为远离都市的尘嚣，面对荒漠戈壁，对人生自然会有许多思考和憬悟。一个人一辈子，即便按百岁计算，也就36500天，除去约三分之一的睡眠，除去懵懂岁月，究竟还有多少可供自己和理智共同支配。

　　一位知己喟叹：我曾经有很多梦想，我也从不偷懒，用殚精竭虑来形容，一点不夸张，可我五十好几了，感觉一生忙忙碌碌，却什么都没抓住，就等着以一个公干身份告老还乡了。我听了真的心酸。他真是一位尽心尽力的好干部。当年，他文采飞扬，写出的青春小说，让年长年轻的人读了，都心潮澎湃，血脉贲张。但他历经磨难的父亲让他断了这发烧的念头，想方设法找了一个事业单位，让他本分工作。是的，他算是一个资深的管理人员。但他心有不甘，还想借这个大好年代，展现一下自己的才华。可公务繁忙，自己也上了年纪，有太多的力不从心。他感叹，为何要到了这个年龄，这个已来不及实现华丽转身的年龄，才有所醒悟呢？人应该做自己喜欢的事呀！而且持之以恒，只做一件事呀！有多少古今中外的成功人士，虽也有全才全能之人，但几乎都是毕生从事一个事业，从而获得辉煌业绩的。吾等之辈，也许就是鼠目寸光。

我并非完全苟同好友的这一番话。但我赞成一个观点：人，一生应该做一件事。记得新疆一位散文家周涛在接受记者采访时，记者问他，怎么这么晚才成名（他的作品获得了鲁迅文学奖），他调侃道，他在部队之时，任务很多，而人的一生，只能做一件事。

做一件事，当然不是生活琐事，而是一项事业的代名词。成就一番事业，倘若缺乏定力，不是聚精会神，用毕生心血去追求，是不可能轻易成功的。人生苦短，理当志向明确，有一种咬定青山不放松的锐气。

最近听说著名歌唱家王昆不顾86岁高龄，拖着疾病的身躯，有时坐着轮椅，坚持每天到现场指导民族歌舞剧《白毛女》的复演。她一丝不苟的玩命劲，让年轻的后生们都甚为感动。王昆说，她66年来，只做了一件事，就是为"白毛女"付出了心血。这一出戏影响感动了几代中国人。这是一件颇有意义的大事呀！

人生只做一件事。这也是一种无可厚非的人生选择。要做，就做一件感天动地、有利于社会和人民的事业吧！

倒走小夜曲

暴走是我每晚率性而又昂扬的进行曲，而倒走是其中最为舒缓和芬芳灿烂的乐章。

暴走，让汗腺吐舌，令毒素汨汨，为一天的疲累和承载卸去负担。

倒走，则是给矫健的步伐一点更加实在的支撑，给挺直的脊梁一些更加坚韧的力量。

倒走是有了一定年龄和阅历人的行为。年轻时的倒走淡然寡味，走也走不出什么情绪来。就像有悠久历史才能回望，有深长的往昔方可咀嚼一样，短浅的人生，倒走也如薄脆的粉饼，装饰遮掩不了本就凝重的自然的质地。

那时，看在小区暮色中倒走的大人们，影影绰绰，那看不清晰的神情，像幽远的天空一般，深不可测。往前迈步，是生活中的常规，怎么在这些大人们身上就变异了呢？这倒走的背后，是否有看不见的魔掌在挥动着，抑或是被古怪的念头一步一步牵引着。我有过九九八十一种猜测，但最后这些猜测都泥牛入海，不见任何迹象了。

经常看到一个瘦弱的女子，病恹恹的，每晚在小区倒走，走走停停，两步一回头，走得十分缓慢。幽暗的夜色，也遮挡不住她的无奈和病痛。果然，有大人指点说，她是患了病的，医生嘱咐她必须每天倒走，不然难以恢复。当时说的是什么病记不真切了。但有一点很明显，她是被动倒走，是疾病所迫，因此就显得孤独而又悲哀。她不得不每天挤出时间来，在这夜晚踽踽行走，茕茕孑立，走得这么迟缓，走得如此狼狈，一点也没有什么美感甚或诗意。

也见过一些上了年纪的老人，倒走缓缓，白发苍苍。但走得小心谨慎，如履薄冰。仿佛背后陷阱密布，又不得不去踩走。

我前不久在乌鲁木齐的一个小广场，在暴走的同时不断转换为倒走的姿态，一群俄罗斯游客对我生发了浓厚的兴趣，一个女子竟然模仿我倒走，乐滋滋地笑着，像是对着我，又像是对着她的同伴。我一点也不惊讶。也许她们就如我当年见到有人倒走，胡思乱想，又觉得陌生好玩。

我的倒走，或许也是对她们的一种启蒙。

我的倒走，没有任何人要求或强迫。某一个精疲力竭的夜晚，我在暴走的过程中，忽然起念，倒走了一段。自然走得趔趔趄趄，像那个年幼时见过的羸弱女子，走走停停，两步一回头，怕后面的道路坎坷不平，或者哪怕一块不起眼的砖头，就会让我四仰八叉。我忽正走忽倒走，不断地变换，不停地行走。我发觉倒走比正走确实更加有效和神奇，走了百十米的倒走，再回过头来正走，会走得轻盈自如，如行走在云端，再倒走，就充满了信心和力量。

由倒走想到人生，想到每天的生活和工作。人生不能都急急地往前赶。人生的旅途上，停停步子，倒走一阵，会看得更清楚，想得更明白。刚逝去的时光和风景，会让你生出许多新的感慨和感悟。人生毕竟短暂，回顾已走的道路，在倒走的时光里，得失尽观。一生如此，一天又何尝不是这样。每天的倒走，就是一种"每日三省吾身"。就是自我的一次检阅，就是心灵的一种反刍。

我每晚的倒走，是一次清理，穿行在草木的丰饶之中，让月光帮助抖落一天太阳的尘埃。是一种飞翔的姿态，每天的操练，已经让我身轻如燕。是心灵独自欢唱的时间，二十一克的灵魂，保持了自己的分量。尊贵不增不减，是出发奔向春天。已找准了一个罗盘，想在五月四日的这一天，安营扎寨。

我每天倒走，数日下来，已倒走如飞，恍若背后都长有眼睛。自然，这几段路都是我走熟了的，它的高低起伏，线形现状，我已熟稔于心。我倒走的每一步，都如正走的每一步，踩得稳当和坚实，一点也没有晕眩，一点也没有胆怯，一点也没有畏畏缩缩。

我的一位同龄朋友，也每天暴走。但他无论如何不敢倒走。因为倒走于他实在是寸步难行，两腿抖索，就是无法挪动步子。也有一位年轻些的同事，曾经因为倒走仰面摔了一跤，从此不敢再倒走一步。心有余悸。任我再怎么劝说指点，他也不愿背朝来路。

我每天的倒走，身心愉悦，愈走愈快，走得血脉贲张，浑身发热，仿佛任督二脉也因此更加畅通。精神也愈益高扬，每晚回到屋内，我才思喷涌，精力充沛，公文迅即处理，著文也下笔如有神助。

愈上了年纪愈会恍悟，倒走原来如此重要！

倒走，有益于脊椎、颈椎，有利于血液畅通，有利于舒筋活络，更有助于创新思维。

起初，每晚倒走，未免瞻前顾后；倒走，时常停停走走。但每晚的倒走，就是让每天的顺走更加矫健！每晚的倒走，也是让明天的每一步都愈益顺畅！

倒走百步，胜似顺走千步。倒走十日，年轻十年！这不得不让我正视并坚持天天倒走，人生不息，或许也就倒走不止。

躺着的丰碑

躺着的丰碑

躺着的丰碑

一

一条路，在天山山峦间穿行绵延，盘旋起伏。这就是著名的独库公路。它以雄浑险峻，壮观奇丽著称，让行走过的人，叹为观止，难以忘怀。

我去时是五月，时令还属于春之季节。初夏的气息，在南疆、乌鲁木齐，已扑面而来。但在独库公路几乎全程的行进中，在崇山峻岭、在深川峡谷、在高原隧洞、在平缓雪坡的环抱的接力之中，冷冽，冬日般的冷冽，是感觉的主调，而阳光照耀下所产生的些许暖意，又是那么真切，至今都停留在我的毛发中，我的肌肤上。

即便寒冷，当我们的车辆驶上了达坂的高坡，远近的山峰和洼地陡崖，白雪皑皑，银装素裹，我们禁不住诱惑，在溜滑的道路上徒步了一会儿，借着奇美的景致，纷纷留影。

天蔚蓝，云洁白，山川也无不素净纯白。只有蜿蜒延伸、云带一样飘逸的公路，路面灰黑，像风雨中走来的一个汉子的脸庞，透着坚毅和干练。

我之所以没有用沧桑这个字眼，是因为在沧桑之前，也有一个成熟男子的魅力和华彩。而独库公路，正当这个时节。

这是什么样的盛年呀，你只要看看，只要想想，这条公路的两旁，齐聚了多少壮美的奇景，你就不得不惊叹它的气节和质地了。

从库车到独山子，沿途或山体陡峭，或山石如林，或草原辽阔，或松树蓊郁。绿色漫无边际，毡房飘袅着炊烟。牛羊悠然地闲庭信步，雨雪成雾，也时不时地来此神游。

自然的景色总是令人陶醉、令人回味的。

二

一条百米长的防雪长廊，赫然入目。

像一列静止的火车，又像安卧着的一条巨蟒。当山峰上浪涛一般的雪团飞流直下，它凝然不动，雪团似乎畏惧而又无奈地止步。

防雪长廊构筑了一个温暖而又安全的空间，庇护了来来往往的人流。

高山隧洞，位于海拔3300多米的哈希勒根达阪，是国内最高的高山隧洞了，诸多雪峰都在它的足下，天堑变通途，不是一个神话。

　　而不少道路，几乎瀑布一般悬挂在陡山峭崖，仰之叹之，就想到了大诗人李白的诗句："噫吁嚱！危乎高哉！蜀道之难，难于上青天！……西当太白有鸟道，可以横绝峨眉巅。……黄鹤之飞尚不得过，猿猱欲度愁攀缘"。

　　而有的路段一侧依崖，一侧依河，车人穿梭其间，也是惊心动魄，然又情趣盎然的。

　　这一定是世界上最险峻的公路了。据说，它被誉为公路病害的"博物馆"，雪崩时常活跃，泥石流也频繁捣乱。山体塌方和大雾迷途，也是说来就来。我们翻越达坂的前日，比我们早一天出发的同行，就被大雾锁在山间了，而我们的车行经的好几处，都是山峰滚落的碎石，幸亏披星戴月劳作的养护工及时整理出了一个车道，让我们得以顺利通过。

　　路漫漫，这一路都是神奇，都留有感慨呀！

　　三

　　最令人感慨的，还有他和他们。

　　之前，我未曾听说过他。这只能说是我的一个疏忽，源于孤陋寡闻和某种迟钝。

他的故事已被搬上银幕。演员周里京扮演了他。

他的故事让许多人感动，也有人非议他对家人的不顾。

他也曾是独库公路的建设者。他始终不能忘记他的老班长，还有和他一起奋战的战友。

他说，有一年冬天，大雪封了山，也封了路，连通讯也与山下中断了。山下可能以为他们还有足够的粮食，其实，他们已面临饥寒交迫。他和另外两位战友与老班长奉命冒雪下山。但途中发生雪崩，受困于山中，处境艰难。此时，老班长决定把所有的食品都交给最年轻的他，让他独自下山。待他完成任务，部队救援人员赶来时，老班长他们已经罹难，连个肉身都无法找见了。

当老班长及两位战友的亲人赶来奔丧时，他更内疚了，因为已无法确认老班长他们葬身何处了。

转业之后，他依然无法安心。于是决定独自回到天山，开始了漫长而又艰苦的寻找战友遗体的行动。

家人劝慰，他也置之不理。

终于，在雪山深处，他找到了老班长及其一个又一个战友的遗体。他第一时间通知了老班长的家人。而此时，他终于流泪了。泪水，止不住地流了几天。

1983年，也就是这条公路开工兴建近十年后，在天山南麓的乔尔玛，一个纪念牺牲在独库公路建设战役中的烈士陵园建成了。20米高的纪念碑在天山巍然耸立。

168名战士的名字镌刻在纪念碑上。雪崩、泥石流、风暴与雨雪，吞噬了这些英雄的生命。他们最大的31岁，最年轻的只有16岁，都是风华正茂甚或人生刚刚起步的年龄！

一条天山之路由此横空出世了，这是他们的生命换来的！

四

山路，曲折壮观。它让南北畅通，天山为之闪开。

石碑，直入云霄。它庄严肃穆，令人心为之震撼。

路，是躺着的丰碑，碑是竖立的路。

建路人，是将生命凝筑了长路，而把长路，奉献给了远方。

开拓者，总是勇于牺牲，他们倒下了，也是一座座丰碑！

五

此刻，新疆喀什境内，又一条高速公路巴莎高速公路正在成型，它起于拥有300多万亩胡杨林的巴楚，终于诞生了深沉壮阔木卡姆乐曲的莎车，穿越了戈壁、半沙漠和大面积的盐碱地。

它是上海支援代建的工程项目，正在奇迹般地建设。

它将是又一座躺着的丰碑，记录一代人的胸襟和拼搏！

今夏的一场沙尘暴

　　九月，应该是夏天的尾巴了，在新疆喀什，我遭遇了平生第一次沙尘暴。

　　早晨起来，发觉窗外灰蒙蒙的，以为是阴雨天气。可这里干旱少雨呀。再定睛一看，若有若无的沙尘在空中飘浮，绵密而不易察觉。从宿舍到食堂，仅几十米路程，沙尘雾一般的缠绕，稍稍呼吸一下，就感觉尘土一下子吸进了鼻腔，赶紧用手掌捂住，呼吸极其不畅，走路也走得趔趔趄趄的。一个维吾尔族大学生说：沙尘暴来了。

　　哦，是沙尘暴来了！是啊，一整天，天空昏黄一片。远处的建筑都隐没在茫茫的沙尘之中，迷迷蒙蒙，混混沌沌。在室外行走，嗅到的也是尘土味儿。我也是临时抱佛脚，发了个短信给家人：给我带上几个大口罩，这里的沙尘暴实在厉害！殊不知，这实在是远水解不了近渴的蠢办法，等到大口罩真的从上海捎来了，这一阵沙尘暴也许早就无影无踪了。

逃也似的回到宿舍，这才想起早上出门忘了关闭门窗，想赶紧亡羊补牢，却见门窗早已关得严严实实了，密不透风。很快明白这是训练有素的招待所服务员所为了，心生一丝感动。这一份细致，应该也是难能可贵的了。

手机短信显示，这两天都是浮尘天气。上网一查，才知道这浮尘天气也是等级分明。沙尘天气一般分为浮尘、扬尘、沙尘暴和强沙尘暴，这取决于当时的风速和能见度的高低。无风，或者平均风速小于每秒30米，水平能见度低于10公里的话，就定义为浮尘天气。这么说来，今天遇上的还不算是沙尘暴了！即使不算沙尘暴，但这沙尘弥漫，连强劲的阳光都显得苍白无力，呈现白色或淡黄色，令浮尘也看似黄沙一般了。这已让人够呛的了。

翌日再读《喀什日报》，头版分明又报道说："喀什今遇强沙尘暴。"这就又顿生迷惑。或许偌大的喀什地区，也包括高原山脉，有的地方确实是沙尘席卷肆虐，在今夏施展了一场沙尘暴的淫威。倘若真是这样，这喀什的人民生活也实在不易，要知道，这种天气，在喀什一年，至少达到100天以上。况且，夏末秋初根本不是沙尘暴的季节，此次出现，也不是时候吧。难怪一位老领导发来短信，笑曰："这场沙尘暴，好像是冲着你们来的吧。"我们这批上海人刚进疆，老天就给我们来了一个下马威，还真让人经受考验。

我对沙尘暴还颇为好奇。于是带了一个相机到街上溜达。

川流不息的解放南路上，我留心数了数，驶过的电动车，十来个人中，仅三四人戴着口罩，有两位坐在电动车上的妇人蒙着面纱，大多数人若无其事。有几个维族兄弟，显然刚从饭馆里出来，在街上信步悠然，谈笑风生。我在一边已被沙尘围攻得受不了了，却见这几位仁兄这般模样，真不知作何感想，最惊愕的是招待所的保安，坐在室外的椅上看书，也是神情淡然！

这一幕，同样给了我心灵的震撼：我知道，这尘土、细沙，即使飘浮在空中，也是对人体直接有害的，喀什人不是无知，而是对恶劣的自然环境的一种乐观豁达、随遇而安的精神！

沙尘暴并不可怕，可怕的是心里滋生的那份恐惧。

数日后，太阳高悬，天空亮堂了许多。上午，有几粒豆大的雨珠打在了身上，今夏这场沙尘暴，渐渐远去了。

有一种声音属于天籁

最初，发现在睡梦中唤醒我的，就是这种声音：哗，哗，哗……，轻轻地，缓缓地，却很执著，也很有节律。在喀什的清早，天比内地亮得迟，在晨曦刚刚露脸之时，这种声音，就在窗外的院内响起，确实让人不胜其烦。

真的，它如公鸡报晓，每天分毫不差。几次不满地探出窗外张望，他或她的身影十分清晰，在黎明的背景下，有点机械，也有点突兀。是的，突兀，在本该梦中逗留的时辰，这样的背影和声音似乎并不和谐，这也是早已落后的清扫方式了。想年幼时，上海的大街小巷，就是这么拙笨的程式，拿着一把大笤帚，一下一下地挥动着，绝无姜文在电影《芙蓉镇》里清扫时浪漫的舞姿，聚拢一片垃圾的同时，也扬起阵阵尘土，路人常常唯恐避之不及，掩鼻者有之，匆匆逃离者也有之。如今现代化的上海滩，也难寻这种落后的举动了。清扫车常常伴着悦耳的歌声，吹鼓着清亮的水帘，展示的是一种都市风景。而在喀什，雨水本来就奇缺，风沙肆虐，笤帚扫起，尘土弥漫，更让人摇头蹙眉。那些清扫者，往往戴着口罩，若无其事地比划着，在尘埃飞卷中，那双眼睛却清晰地闪现，我无法欣赏。

到了深夜，那种"哗、哗、哗"的声音又轻轻地，缓缓地响起，执著而有节律。那身影在月光之下，朦朦胧胧的，也有一种说不出道不明的感觉。他们如此辛勤地劳作，是不是也打破了夜晚本该拥有的安谧，惊扰了星光下渐渐入梦的鸟儿们呢？在夜色中出现的那种声音，我一时也无法恭维。

但那天，我却被深深感动。白天，沙尘纷纷扬扬，如雪花，遮蔽了天空，也迅即遍布了大地的每个角落。喀什的地委宾馆，在沙尘的裹卷下，一片迷蒙，一片混沌。尘土很快积压，阳台上，院落里，沙尘厚厚的，真有点寸步难行了。在沙尘中行走，这时，又耳闻一阵阵"哗、哗、哗"的声响，轻轻地，缓缓地，执著而有节奏。他或她的身影更加朦胧了，仿佛若有若无，在沙雾中忽隐忽现。那曾经清晰可见的身影、动作，乃至闪亮的眼神，现在都被尘沙遮掩，唯有那"哗、哗、哗"的声音，穿透了尘雾，传递着一种不屈的倾诉和抗争。在这声音的引领下，地上的尘土渐渐和顺地让开了道路，即便空中的沙尘土还在雪花一般的飘落，但足下通往远方的路正愈来愈明朗！而这"哗、哗、哗"之声，竟变得如此悦耳，让我心情也愉悦和兴奋起来。这声音，分明就是属于天籁的，它沉稳而有力，飘缈又坚毅，它摒弃了沉闷压抑和举步的忐忑，它抛却了个人的怯懦和忧虑，它就像被囚禁的鸟儿，向着明亮的地方，淋漓尽致地歌唱，在这歌声中，你能感受到一种来自于天籁的纯净与奔放。再凝视那隐现在尘雾中的身影，又感觉到了一种特殊之美。在有害的尘雾中，歌声飞扬，更是一种乐观和豁达。"哗、哗、哗"的声律中，我的心灵仿佛也被一遍遍地洗刷！

久违了，这美好的乐章。从此之后，它就如啼鸟声声，在拂晓、也在深夜，婉转的鸣唱，唱响了我在喀什的日日夜夜。

行走在天池的湖面上

　　不是张狂，不是拥有轻功，也非故弄玄虚。穿着中跟皮鞋的双足，是实实在在的与湖面接触，一百多斤的分量全都沉甸甸地投放于此。谜底很简单，这是寒冽的冬天，冰天雪地，天池被冰层覆盖，不见一丝碧波抑或涟漪。

　　这原先也是我未曾预料的。我之前从未登临亲近颇负盛名的天池。我曾经设想某一个夏日，蓝天白云的时候，我能够饱览天池景色。梦想归梦想，我久未实现。时间，非吾所能把持。夏日也许又是一个忙碌的季节，事务缠身，无法轻易解脱。梦想不断发酵，那种向往也就愈益强烈，仿佛天池有一种特殊的醇香，已侵入了我的鼻腔，刺激了我的神经。

　　也是巧合，那天在乌鲁木齐开会，会议报到后还有些时间。外省市的同行都又鸟一样欢快地飞出了笼子，有一位竟然驱车直奔天山，相会天池去了。我很纳闷，这样一个隆冬时节，上得了山吗，见得着天池吗？当地同行则告之，只要不封山，天池还是可以领略的。心忽就奇痒，赶紧嘱人备车，一路奔驰而去。那正是乌鲁木齐大雪深积的日子。雪让车轮迟钝，与我的心情很不和谐。好在司机何总善解人意，这一路开得还是蛮顺顺当当的。有趣的是，这个生于斯长于斯的小伙子，冬天却从来未上过天山。他母亲阻拦，雪山路滑，怕出事情。这回，他完全为了友情舍命陪君子，路上，还拐到车行检测了一下车辆，车辆很健康，一切安好，就大踩油门，掠过两侧绵延的丘陵，忽略了雪中伫立的白杨、榆树，出了市区，抵达阜康市郊，雾蒙蒙的天气，忽然就清澈明净起来。

一上山，就有惊喜。天空一片湛蓝，太阳高悬，晴空耀眼。本担心山上甚冷，乌市此时零下24℃。却见巨大的LED显示屏打出的信息：零下6℃。不敢置信，以为出错了或是播映的某个片子的情景。定睛一看，真是这么一回事。踏出车门，一点也不冷，阳光下还有浓浓暖意。口罩、手套、帽子之类的，显然变得多余而累赘。

天池真的很美，冬季冰冻之美，晶莹剔透，与远处的雪山相辉映，让我久久凝视，身心轻盈。轻轻的，我就这样走来，走向天池湖面。先是小心翼翼地，之后，豪情大增，远甚于胆怯。走了几步，口中喃喃：行走在天池的湖面上。诗意而豪迈。偌大的湖面上，冰就是王者归来，用一种厚实和冷静雄性了这一片世界。冰冻二尺（大约60公分），连车都可以缓缓通行，何况血肉之躯？不过，也有一些用石块标注的区域，薄透而又脆弱，踩下去，说不定就成了一个窟窿。殊不知，天池最深处有100多米，掉进去，就与天池共岁月了。

这一天行走天池，那份喜悦和骄傲雾岚一般久久不散。即兴写了一首诗，也给自己许多感悟。谁说湖面不可行走呢？只要找准季节和时令，铁树也能开花，奇迹总会出现，难道不是吗？

等待沙枣花香

　　四月的戈壁，春意寂寥，远不同于南方那般姹紫嫣红。我在喀什著名的沙枣树前站立许久。它细弱的树叶，似有绿芽隐隐约约，但满树还沉睡冬之梦中。在静静地凝视中，我心境澄然，没有一丝烦躁。虽然今不见花，但相信那份美好将在不久会美丽绽放，而这等待的过程，也显得美好起来。我还即兴写了一首诗：他们说她的芳香，曾经迷醉过一个帝王。每年四月尽头，芳香还会绚烂地登场，一路飞扬。我站在戈壁滩头，久久地凝望。三月，她还村姑一样大大咧咧，与老榆树，小白杨，无厘头地玩耍。她并不在意，一个南方的汉子，早早地来访。正等待一场美丽的花事，重又鲜亮。

　　这真是难得的兴致。于我而言，急躁在性格中，时隐时现。等待，漫长的等待，令我感到无聊。我从来把机场接送之类的事看得很枯燥乏味，关键是等待。航班老是延误，让等待显得细水长流了，流逝的还有我的时间和我的沉静的耐心。这从未嗅闻的沙枣花香，还至少一个月之后才能散发，等待确实是漫长的。

漫长就漫长吧。好东西有时来得迟一些，这幸福的期待不是也延长了吗？等待，其实是一种多么美妙的过程，心融入其中，不必焦虑，毋庸自扰，一切会慢慢而来，如归返的航船，正缓缓靠岸。

一位朋友颇有雅兴，每年开春，都要到附近的公园去赏花。早春二月，其实很多花骨朵儿还没显影呢。他说那季节他隔三差五去看看，看着她们爆芽，鼓突，含苞直至绽放。这观赏的过程，也是等待的过程，心情很愉悦，仿佛在等待一个知己款款而至。有一年，春寒姗姗而来，他喜欢的海棠花迟迟未开，他心都被吊着了。却每天去看。终于有一天看见她们含苞怒放了，他十分高兴。他说，等待也是一种投入，投入了自己的情感，等到的是心里渴盼的东西。

长大的孩子出国留学了。一对夫妇每天都在等待孩子学成归来。那等待起先有些苦涩，如同煎熬，后来他们在异国他乡的孩子连接了视频，还开设了"QQ"。期间，还专程赴孩子所在的国度旅游探望。这等待的时间就变得美好充实许多。这四年里，他们也自学孩子学的课程，通过网络学校一门一门地去攻克。在孩子回来的那一年，他们也拿到了结业证书，作为与孩子一起欢庆的一件喜事。这等待，用他们的话来说真值了。

曾经在一个咖啡馆等待一位朋友。说好的时间，他因为路堵要迟到了。这原本匆匆的相见，一下子让我放松了许多，把之后的事务也暂时撇开了。多么难得的闲暇时间呀，我可以独自静静地坐一会了。一口一口地啜饮着不加糖的卡布基诺，眼光也随意地浏览咖啡馆里的人们。一切都是那么散漫和悠闲。生活的品质在这里香甜地弥散。我一直为工作绷得紧紧的神经也忽然松弛了。借着咖啡的提醒，我的诗的灵感活跃了。就在等待朋友到来的那十分钟，我即兴涂鸦了一首诗。我把这枯燥的等待转化为一首优美的诗。待到朋友到来时，我是一脸充实的快乐。朋友惊讶了，他一路忐忑不安，还以为我不会给他好脸色呢！

还有一件感人至深的故事。一个小伙子喜欢上了邻家女孩。但这女孩正念中学，还太小，她不能答应，家里也不会同意。但他发誓等她长大。因为女孩心里也是喜欢他的。这一等，就是十年。当有情人终成眷属时，有人问他，这十年你等得辛苦吗？有没有想退却的时候。已近四十的他笑了，笑得令人羡慕。他说，这等待很甜美。因为我每一天都在向目标挺进吧。我感觉到幸福正一步一步向我走来！一番话，让在场所有的人都感受到一种幸福在飘荡，真美！

等待原来真是这么可以愉悦，可以灿烂，可以抵达心灵的期盼！

能够等待或被等待，原来也是这么美好，这么绚丽，这么充满诗情画意！

那一天，自然已是五月的日子了。我在喀什噶尔宾馆参加会议。偶见院子里盛开的沙枣花了。那沙枣花并非想象的那么壮硕，那么雍容华贵。那位几百年前被乾隆相中的香妃显然误导了我们的想象。当年乾隆梦中见到一个秀美的女子，身上弥漫着天生的沙枣花香。后来他在南疆微服私访。果然就见到了一个女孩，静静地站在那儿，面带微笑，芳香迷人，他把她封为王妃，百般宠爱。香妃的芳名因此也美誉天下。但沙枣花实质是细嫩和弱小的。指甲大小的花蕾，黄黄的，一付弱不禁风的模样。凑近闻一闻，也无特别的馨香。但她的姿态和芬芳，还是令我生出几分爱怜，让我觉得这等待是值得的。

还会等待下去，只要有期待，只要有生命的激情和呼唤，也只要生活如常，生活像每天的太阳冉冉升起。

就让这等待也变成一种美丽的过程，一种独特的风景，等待美好的到来！

渴望家乡的骤雨

我从不喜欢带伞。嫌烦，嫌多余。小时候上学，淋雨成为常规的节目，时时上演。衣衫湿透，犹如落汤鸡一般，时常引发感冒，大人斥责，同学嘲笑，自己依然我行我素。

工作之后，也不带伞。因为我早上基本不听天气预报，对天气变化似乎相当迟钝。对雨季来与不来，也并不在乎，你要来就来吧，我以不变应万变，这雨砸在头上也不会砸出窟窿来，也就更加淡然视之。何况在雨中尽情地嬉戏，也是充满乐趣的。

我还写过几首南方雨季的诗，把故乡的雨说得温柔缠绵，把淋雨也作为一大享受。

后来也开始躲闪雨水了。还是青春期时就发现前额的头发日渐稀少，就怀疑自己太不把头发乃至自己当一回事了，这雨也许是掉发的一大缘由。何况，报刊连篇累牍地介绍，这工业城市的雨，并不澄澈洁净，有的还含有某种对人体有害的物质。最极端的例子，就是酸雨了。这雨倾盆而下，断不会有人在雨中漫步，胜似闲庭信步了。

南方的雨，上海的雨，也真够绵密的。梅雨季节，身子老是有湿漉漉的感觉，雨伞也遮挡不住细雨纷扬。有一阵子是骑自行车上班，那雨披裹在身上，像被包粽子似的，那雨帽还禁不住风的挑拨，时不时地掀开以示罢工了，感觉很是不爽。但还是想抵挡这雨的侵扰，头发凌乱了，衣服湿透了，脸上也是水迹斑斑，这模样还是有损自己形象的。后来有车坐了，避开了风雨不少。当然，很多时候，还是有点厌烦这突如其来、频频造访的雨。模糊了视线，泥泞了道路，冷不丁打湿了衣履，还裹挟了一阵凉意。雨，终是太多了，也迷蒙了天空，曾有过的诗意，也逐渐淡去。

到了大西北，到了南疆，并且工作生活了一年多之后，领略了这里的干燥缺雨，忽然就生发了另一种感受。

一年四季，几乎见不到一场豪雨。上海一天的雨水就几乎是南疆一年的降雨量了！也见识过雨滴，那是在公路上疾驰。还没听到什么动静，就听当地司机说，看，下雨了！在他的指点下，才发现车窗挡风玻璃上散落着几滴雨珠，混浊黏稠。紧接着，又看见几滴雨弱弱地飘打在窗玻璃上，怯怯的，像一只只懦弱的小昆虫。后来也看见过雨势稍微强盛些了，密密匝匝地从天而降，但很是短暂，飘落的雨，沉没在虚土里，若有若无，显得孱弱而又委顿。

今年4月29日，我在泽普县城调研，忽然尘沙漫卷，当空旋舞，渐渐地天地昏黄起来，那画面的底色像是泛黄的老照片，街上人车稀落，只能裹着面纱戴着口罩出行。不出几分钟，身上落满粉尘。临近塔克拉玛干大沙漠，沙尘肆虐从来都是平常事。令人稀奇的是，一场阵雨紧随而来，大地响起了啪嗒啪嗒的声响，清脆悦耳，像是谁在弹奏一支什么玄秘的乐曲。那雨滴，比鹌鹑蛋大，打在地上，也像一颗颗鹌鹑蛋迸裂，混浊的液体花瓣一样绽放。这雨水在我眼里就像是英雄捐躯，用生命裹挟了尘土，使这天空复原了清纯。

那天南疆的日志，沙尘暴昏黄了纸页。像一只巨大的茧，密封了整个世界。雨，那轻灵的雨，在深夜也突然来临。以她透明的身躯，舍生取义。裹挟着猖狂的尘土，坠落，毫不犹豫。翌日，一个阳光的日子。破茧而出，仿佛凤凰涅槃。我想追寻这一场雨，但她已幻化成一种传奇。

这是一场壮观绚丽的雨，但实属罕见，雨本身就是稀罕客，豪雨也更难得。即便有一种磅礴气势，人置身其间，也是不堪忍受的。

于是我十分想念家乡的雨了。

南方的家乡的雨，春天，多半是淅淅沥沥的。飘洒在身上，有春天回归、大地回暖的感觉，舔一舔，也有些微甜润。而夏天，雨经常说来就来，说走就走，晶亮清澈，对炎热一阵鞭打，酷暑多少退却了几分。那种凉爽清冽是难以忘怀的。

一夜，故乡的雨淋湿了我的梦，也添加了我的相思。星夜和星辰都被雨水洗白洗亮了。

但白天我能有一种期冀吗？是的，想在喀什，淋一场家乡的骤雨，这一次我不会撒腿就跑。让暴雨从头浇下，浇出我欲望的轮廓，瞬间释放一个游子的鲜亮。南方的雨季里，有来自天朝的诏书，要让戈壁变成一片雨巷。那飘缈中，还会走出一株株的丁香。就让我自告奋勇，做一回喀什的舞者。在雨的吉光片羽中，湿漉漉地飞翔。

现在除了春节回家乡，就只有公差了。一下机场就被湿润紧紧相拥了。深秋的雨，也在与树叶相嬉戏着飘落，抚摸着我的脸庞，扑打在我的衣裳上。虽有一种萧瑟之意，但我仍感觉心旷神怡，温馨氤氲。

我迎了上去。没有打伞，自然也不用雨披。

这久违的家乡的雨呀！你能来得再猛烈一些吗？

戈壁滩上的法国梧桐

想象得到，戈壁沙漠上闪动着胡杨树、骆驼草，还有妩媚的红柳的身影，却没想到，在泽普，这叶尔羌河的冲积扇上，竟然拥有如此蓬勃茂盛、成排成片的法桐树林，此时，用心灵受到震撼来描述，一点也不为过。

这不同于胡杨林、骆驼草和红柳树，它们大都不是人工种植的。种子仿佛就在空气微粒中，随沙尘一起漂浮，扎下根来，就顽强地生存，让戈壁和沙漠也生动鲜活起来。法桐树显然不是这样的，它来自遥远的地方，在这陌生的疆域和干涸的土地上，也扎下根来。它吸吮着那地底下含着盐碱的水分子，也一样顽强执著地生长着，它没有异乡族的怯懦抑或水土不服，也没有观光客的蜻蜓点水甚至昙花一现。它视泽普为家乡，依偎在泽普，也让泽普充满一种独特的风光。

这确实是一个值得书写和讴歌的奇迹。泽普，这个南疆县城，位居古丝绸之路的要冲，法桐随处可见，而且遍布城区和乡村。进入城区，必经的法桐大道，两旁法桐"莘莘萋萋"（诗经语）地植立，且枝枝相覆盖、叶叶相交通，给人一种高贵的相拥和亲密的呵护。

我至今无法考证，这法桐最早是何时被移植到了这片土地上的。有说700多年前的，也有说应该是300多年前才更为确切。查找史志，却无明了的记载。倒是《穆天子传》有云：周穆王姬满西游，曾叹道此处"森林茂密、百鸟云集、阡陌纵横、奇花异果、水草丰盛、树落毗连，颇为富庶"，但仍无法桐的翔实记录。我是从年轻的泽普县委书记陈旭光处得知，三十多年前，泽普开始大面积种植法桐，并且坚持至今，视法桐为县树，待之如宾客，惜之如宝物。每棵树都如人口登记在案，砍树如砍人，必是用重典。如此，才有法桐气势如雷的今天。法桐成为泽普的一张绚丽的名片，也是泽普人深深为之骄傲的一点。有专家称，这是中国最大的法桐之园。又有更多人士赞叹：这就是西域戈壁的法桐天堂。泽普人在戈壁建设了法桐天堂，法桐也给泽普人带来了天堂的幸福。种瓜得瓜，种豆得豆，这不仅是自然的造化，更是人类创造的奇迹。

对法桐称谓的明晰，在泽普，也有一段有趣的故事。有人旁征博引，指出这种树名就叫悬铃木，按植物学的正式说法，它是美洲悬铃木和东方悬铃木的杂交，无论如何与法桐没有任何因缘。法桐的误称，竟然与大上海有关。上世纪一二十年代，法国人将已在国外生长了上千年的悬铃木，种植在了法租界（霞飞路即现淮海中路上），法租界因此绿荫婆娑，树叶繁盛。法桐一名由此传开，至今葳蕤。泽普官方去年曾向市民征询意见，究竟该不该为此树正名。最后三成人赞成"梧桐"之名，还有七成人坚持"法桐"不变。这七成人不是不知道这实与法国无关，但他们是以一种开放的心态来正视这一称谓的。多么可贵、开明的泽普人呀！

夜晚，我在法桐大道徜徉，安装了景观灯光的法桐大道，洁净明亮、流光溢彩，仿佛置身在苍穹，如梦如幻。泽普，这戈壁滩上的绿洲，这著名的长寿之乡，正像梧桐招徕凤凰一样，吸引各方人士滚滚而来。

锡提亚迷城

茫茫戈壁，突然兀立起一座中亚古城，除了惊叹之外，你还会作何感想？即便是有充分思想准备的我，此刻穿行于古城中，也觉新奇与诡秘。

半年多前我来过这里。这里是新疆喀什叶城县，一个叫做锡提亚古城遗址的地方，距洛克乡政府所在地仅一公里处。当被介绍这儿正在兴建一座上千年前的古城时，我的目光是犹疑的。这完全是我心情的自然流露。目光所及，是一片草木不见的盐碱荒滩。几个隆起的土包，算是给死寂的戈壁增加了一点线条。后来得知，这土包确实不可小觑，从已开掘的洞口朝里探望，依稀可见几根白森森的骨头，昭示着这片土地曾经的不凡。不过，我还是难以置信，仅凭这些，就能平地建起一座古城，这不是大卫·科波菲尔的魔术，更不是纸上谈兵，而是即将诞生的现实呀。不会是一场笑话？

眼前的锡提亚遗址，几乎不见古城城垣，只有一些黄土台子，还有几处破败衰落的墓墙。有几堵已不能称之为墙的土堆，在戈壁荒滩上裸露着，陶片、瓷片、灰土、红烧土以及人骨等遗存还是随处可见，古城的痕迹也只些许残留了。

县委书记李国平向我介绍说，此古城分布面积不小，大约有一个平方公里了。

这半年多，我对锡提亚迷城的建设充满关注，却只字未提。我生怕自己也不知不觉迷失于这个神秘莫测的古城，走火入魔，甚至也闹出什么笑话来。我对当年的古城一无所知，对建成后的所谓古城的模样也缺乏想象，最重要的是：对时下我的同类们的浮夸草率，也是深知三昧，也深恶痛绝的。拿古老的事物开涮现代人，这也不是当代人的创造。

对锡提亚古城的讳莫如深，也加重了我心里对它的关切。我其实也是渴望它建成，以及它建成之后赢得广泛赞誉的。

超过180天的日子，我未曾再次涉足那片土地。我几次都绕道避开，耳畔却在迅速捕捉关于古城的新的讯息。

当喀什的气温最低已跌至零下六度，冷风微微，却那么砭人肌骨时，我再一次被国平兄引领，重又涉足这片地域，我的脚步也在短暂的迟疑后，忽然兴奋加快，那份迫切仿佛不愿输给目光，目光所触及的，脚步也想尽快抵达。眼前矗立的一座古城，在初冬慵懒乏力的阳光下，闪耀着一种暧昧的灰黄。真是引人探究。

古建筑围合成一个区域。如同我们常见的商业步行街。只是这里古朴粗拙，店幡高悬，但店门紧闭，游客不见，除我们之外，人影全无。

这种景象，反而给这古城增添了几分幽深和诡异的氛围。

在一个近似于古堡的宽大的屋舍里，上千年前的中亚的装潢和饰品，把这里装扮得格外神秘。即便这种风格似乎不伦不类，但沉醉其间，也是人人难以避免的。人生得意须尽欢，千金散尽还复来。

我突发奇想，手执长柄大斧，安坐宽大龙椅，摆上一个pose，任随行的兄弟们尽兴拍摄。有人还把这古城的女设计者推了上来，与我合影。我自觉不妥，又难以推脱，便正襟危坐，目不斜视，一任闪烁的光亮宰割。还好后面的兄弟们急不可待，蜂拥而上，都与女设计师挨肩合照，比我更亲密更自然，我才觉得自己像这古城一样老朽了。

此女一看便知是西北女子。人长得清癯消瘦，脸颊灰色，穿一套宽袖宽裤，倒也显得飘逸秀气。听说她从乌市而来，甘愿为叶城的古城复原，倾注青春和心血。叶城县府聘她为旅游形象设计师，给予优厚待遇。也显示叶城领导的爱才之心。

据考证锡提亚古城应该处于唐宋年间。一同仁于是将我的造型上传微博，并文字说明：穿越1500年，到了锡提亚古城。幸亏一侧不见西北女子，否则要引发一场八卦了。

当年的锡提亚古城究竟何等模样，谁也没法客观描述。曾有专家认为："疑此城在11世纪末喀喇汗王朝时建立，城阿拉伯文无孔钱即当时所遗",并因而"知此地北宋颇为兴盛",并且据文正《西游录》"大军发于阗至可汗城,屠其城,使人诏谕鸦尔堪城王来降,至时隶版图,以封诸王阿鲁忽"的记载,"疑此城为成吉思汗1218年西征屈曲律由于田进兵时所屠之可汗城"。主要的依据,还是收集到的喀喇汗王朝铸造的有阿拉伯文字的无孔青铜钱币"提英"和北宋制钱"咸平同宝"、"天禧通宝"、"元丰通宝"。

但毕竟只是一种猜测,锡提亚之谜,依然浓云弥漫,至今难以完整破解。

复原古城也似乎查无依据。

既是迷城,何不就在迷字上做文章呢,不求一草一木逼真如古,但愿迷城之迷合乎情理,扑朔迷离,引人遐思,让人身心愉悦。

我遂建议不妨设计更多的迷物、迷景、迷蒙的氛围和迷人的故事,让人在迷走中走出一种醍醐灌顶。

真实难以还原,那么就打造一种宜人的有趣的景观,成就另一种真实。

这番建议引得一片赞同。

步出锡提亚迷城,我心中已无惶惑。天下景致,自然为佳。人工制作,难免贻笑大方。但谁能挡得住如潮似涌的造景运动?唯愿创造出另一种特色,另一种风采,不至于成为一堆堆现代的建筑垃圾。

昆仑山上第一乡

昆仑第一乡，这是我给叶城西合休乡的命名。

这三年在喀什，到叶城不计其数，足迹也几乎踏遍了这昆仑山城的各个乡镇，唯独西合休乡一直未能有缘深入。

西合休乡的名字，我一来就耳闻了。它蛰伏在昆仑山的深处，有一条修建到一半的残破公路，筋骨裸露一般的，与外界艰难地相连着。还有一则故事，是县委书记介绍的，说是一个老太，在西合休乡生活了一辈子，从未离开过这片土地。年轻时她曾想到县城甚至更远的地方游玩，但丈夫怕她受不住外面世界的诱惑，会离开他，便不同意她外出。而待她可以说服丈夫时，她也老了，腿脚不便了，到县城的路坎坎坷坷，翻山越岭，坐毛驴车也至少得三天三夜。她只能作罢了。

前些年，乡村公路建设启动了，但实施到一半，因为山势陡峭，施工危险，又不得不搁浅了。新一轮援疆，上海对口喀什之后，我们无数次拜访自治区有关部门，呼吁并争取项目复工，几经周折，终于落实了数千万资金，开始了后续拓建工程。我感到欣慰之余，也甚为遗憾，因为西合休乡究竟何种面貌，我久未一睹。几次在叶城意欲进入，都被告知，或天气不适，雨水致道路泥泞不堪，或山洪冲击，通途险象环生。只得无奈放弃。

那天，到叶城调研工作接近尾声，于是提议上山，去西合休乡一看。获取的信息是，山上连着下雨五天，公路局部还有塌方，不宜上去。我稍作思索，还是决定，明天上山，若真受阻，就打道回府，那只能说明真与西合休乡没有缘分。

事实证明，这个果断的决定是明智的。我们的车终于克艰攻难，抵达了西合休乡——倘若今天不去，日后要去，就更无时间保证，真不知猴年马月能够成行了。

虽然这一路确实令人提心吊胆，有好长时间几乎是头皮发麻，手心冒汗，眼睛也不敢正视车窗外的山谷。

从新藏公路零公里处出发，驱车127公里，翻越了127号大阪，然后长驱直入昆仑山深处。这一路山道弯弯，我们在崇山峻岭间蠕动爬行。五十多公里的路，走了三个多小时。车子忽而登上了山顶，海拔最高达五千多米，一览众山小，忽而又潜入了山谷，为群峰所环抱。忽上忽下，弯急坡陡，那种危险的程度，用千钧一发来形容，一点都不夸张。雨水洪水将本来就狭窄松垮的公路，侵蚀得更不成为路了。竖向的土块隆起或者塌陷，让车轮随时都会沉没抑或弹跳而起。而如稍不注意，也有蹿下山谷的可能。依山而建的公路，好多段都只能供一辆车通行，外侧多为虚土，底下则是悬崖，深的至少有数百米。我这一路几乎不敢闭眼。坐在副驾驶上，右手紧抓着把手，眼睛也不敢乜斜一下峡谷，还不时提醒司机小心、慢些、注意什么的，生怕司机稍有不慎。那真是差之毫厘、谬以千里，不，还不止千里，几乎就是生死之距离呀！司机的目光刚离开前方的路，甚或说了一句，那远处的山头什么的，车内必有人憋不住，让他千万别走神了。

有一处横坑，车子跳将起来，大家也发出了尖叫。有一个弯口，竟然还有一辆小货车迎面驶来，速度还挺快，我们的车紧急避让，幸亏此段路面宽些，才不至于腾空飞出。而手机信息和微信全无，让我们更是心生惶恐。如果出了什么意外，也是难以及时获得救援的。沿途的路还在施工，断断续续的。高而险的窄小的工作面，皮肤晒得黝黑的工人们，在阳光的烘烤下，蚂蚁啃骨头一般，在艰辛而又执著地劳作。这盘旋的山间公路，蜿蜒曲折，登攀也难，修筑更难！

终于到了西合休乡。首先映入眼帘的就是居民沿路而建的土坯房。还有路旁的巴扎，当地人在那里交谈、交易，三三两两地聚集。乡政府算是比较醒目的建筑了，也就简陋的几间平房，一个水泥地的院落。

乡镇海拔2995米，位于昆仑山的山洼之间。西合休乡占地面积1.39平方公里，有两个上海那么大，绝大多数是高山野岭。目前居住了五千多人，维吾尔族人最多，其次是克尔柯孜族，塔吉克族人，汉族仅十三人，皆为县里派来的干部。那几个瘦黑的小伙子，最小的二十三四岁，年长的也仅三十岁出头，也并不都是新疆土生土长，分别来自甘肃、河南、江苏和四川等地，在新疆念的大学，都是叶城县乡的公务员，被派来这偏僻穷困的西合休乡工作。时间最长的是一位复员军人，呆了七年。他们的生活与工作的艰苦是可想而知的。

一位姓香的副乡长告诉我，按规定，他们每月必须有二十天在山上，其中十天必须沉到村落去。另外十天可以回县城，但路途迢迢而艰难，他们有时也就呆在山上了，工作几乎是他们全部的生活。

雪山融化的水，在山涧流淌，有时湍急，有时不绝如缕。它们汇成一股闪烁的波光，跃动着，鲜活着，让这深山沟壑间增添了一脉生动。这清澈洁净的水是大自然的恩赐，不仅滋润着山间万物，也是这里的居民唯一的饮用水。

这里用的是太阳能发电。蔬菜也无法生长，都是从山下县城运上来的。但这里的牲畜达到七万多头。以羊、牛为主。只适宜在高原生存的牦牛，在路旁山坡时常可见。它们高贵而谦恭，毛发闪亮，脸相英俊，信步悠然，不失尊严。当在公路上与我们的车撞见，它们全无主人的骄横，只是往路边退去，礼让着，绅士一般的姿态。

在乡政府便餐，吃的是夹生米饭，这是高原的特色。简单的几个蔬菜炒肉丁，已令我们心满意足了。没想到他们宰了一头羊，已下锅煮了，还备了伊力特酒。实在盛情难却，我攒了一小块羊肉，仰脖喝了小半盅白酒，代表我们这一行给了他们一些赠款。

去了数公里之外的草甸。绚丽的山花开得极其烂漫。那大片密密麻麻的黄色的花，我们原以为是菜花了，实际是这高山的产物：青稞草。而那细弱单薄粉白柔嫩的花儿，香味淡淡的，则是野茴香了。还有几种野花，叫不出名儿，但在微风中摇曳，在这深山鲜艳夺目，也让人折服。它们与在这里生活的人们，都具有别样的质地与价值。

这里数百公里之外，就是边境了，从这里翻山越岭潜逃出境的事时有发生。今年一月，当地公安就击毙了22个歹徒，抓获了十余人。这些歹徒都是极端宗教分子和暴力恐怖分子，他们制造了土炸弹，实施袭击。作为一个边防重地，长期居住的人们，生活在那里，就是一种功绩。屯垦戍边，是边境农牧民的一种责任和贡献。

我们的车缓缓离去时，虽车窗已经关闭，透过镀了膜的车窗，外面的人已看不清车内的人影，但还是瞥见了路旁两位老人，留着长须，头顶白色小帽，面带祥和，向我们挥手致意。那轻轻地扬手，让我们心生感动。

来回十多个小时，精疲力竭，但是终于圆了西合休乡之梦。而心里又从此有了新的挂念：这昆仑第一乡，这朴实善良的乡民，我们还能够为他们多做些什么呢？

沙枣花香与香妃

这是一种南方人少有见闻的花树。在南疆那广袤的土地上，在春天的季节里，沙枣花却摇曳生姿，香飘万里。那丝丝缕缕的芬芳中，让人心生柔情蜜意。

两年前，我曾在喀什街头、乡野戈壁寻觅沙枣花。想领略她含苞初放的那一份羞涩的风情，但也许是心情太为迫切了，三月，她枝头冷凝，模样还滞留在冬日，在灰蒙蒙的尘土里，给了我一个漠然的身影。

我即兴写下了第一首关于沙枣花香的诗，题为《等待沙枣花香》：他们说她的芳香，曾经迷醉过一个帝王，每年四月尽头，芳香还会绚烂地登场，一路飞扬。我站在戈壁滩头，久久地凝望。三月，她还村姑一样大大咧咧，与老榆树、小白杨，无厘头地玩耍。她并不在意，一个南方的汉子，早早地来访，正等待一场美丽的花事，重又鲜亮。

诗真没什么夸张，香妃的传说已有千年。那部《还珠格格》的电视连续剧里，就有一个香妃。喀什就是香妃的故乡。香妃据说天生就充满香味，乾隆曾为之迷恋，把她纳入皇宫，十分宠爱。香妃之香即为沙枣花香。

我虽然赶得急躁，有所失望，但因此有了机会，去更多地了解她的习性。渐渐地，对她的特质禀性，愈加刮目相看和心怀敬仰。大漠戈壁，人们多半记得或者赞美的，是"千年不死、千年不倒、千年不朽"的胡杨。胡杨固然值得讴歌，而并不高大，也不妖娆，甚至与婀娜多姿的柳树一比也显逊色的沙枣树，其内在的魅力，却是值得大书特书的。她柔弱的身子骨里，也有胡杨一样坚韧而又执著的个性。在盐碱戈壁，在干旱风沙的天地，她步不挪移，也绝不屈膝，她顽强地挺立着，给这世界一片鲜绿。即便这鲜绿，因了漫天的尘沙，显得多少有点灰头土脸。她的风韵，却无法遮蔽。

在这期间，我也听说了上海知青在南疆的故事。我也认识了他们中的几位，为他们的坎坷经历，为他们的艰苦卓绝和真情奉献所激动，所敬佩。他们在戈壁上书写了他们人生最为辉煌的一页，与日月同辉，与天地共存。我忽然想到，他们不就是一棵棵沙枣树吗？不起眼，不张扬，多磨难，多艰辛，但固守着这片土地，让这片土地始终充满了生机。他们其实是我们时代最可爱的人。

不仅他们，还有长期扎根南疆的各民族兄弟，还有全国各地支援新疆建设的各族同胞，他们也都像沙枣树一样，捍卫着这片疆土，滋润着这片天地，他们的每一片树叶里，都流淌着深情厚意。

茫茫戈壁，滔滔浦江，原来也是血脉相连，生生不息。那浪沙交融里，有生命的激情，那雄浑交响中，有信念的汇聚。

我终于见着了沙枣花开。虽然只是微弱的一捧，嫩黄，浅显，在银色的叶片衬托下，有一份腼腆。但这种清香悠长、淡雅、弥散和执拗，撩拨着心弦。

有一位新疆朋友对我说，倘若求爱，就在沙枣花开时节，沐浴着沙枣花的馨香，一定会大获成功。我未经考证，但我相信，沙枣花的情魂，就是深幽的浓稠情意。一场前所未有的等待，早就将想象放大成了绚丽的海。香妃一样的高贵，可以亲近吗？有一种隔阂就叫做闻名遐迩，为了你的到来，我已弃舍了许多，只为隆重地迎接你，对你的注视深情邈绵。那天，却是匆匆撞见，你的纤弱和你的细巧，暗香着一缕素淡，黄色的花瓣里，发布着爱的宣言。我惊喜地发现，你就是邻家女孩。这是初见沙枣花香的喜悦心情。是的，沙枣花质朴可爱得就像一个纯情的少女。

我被一种力量所推涌。借着这沙枣花香，草就了话剧《沙枣花香》的剧情梗概，并与著名导演雷国华等一拍即合，指导筹排了这部话剧：以六十年代上海援疆知青刘婷婷及其子女——眼科医生刘秦坚持奔赴支援新疆为主线，描述刘秦及其父母两代人面对生活与事业的繁复和困难，他们敢于直面决不放弃的故事。虽然他们一家人经历了失散分离的痛苦、感情纠葛和在选择事业上的矛盾冲突，但这一切并没有阻止刘秦及父母两代人对事业、爱情、亲情及幸福的追求。将援疆知青的过往经历和艰苦奋斗的历史与新疆的辽阔自然赋有美丽的人文情境，并与现代大都市的上海形成强烈的对比。半个世纪的时代变迁，在剧中通过刘秦这一家两代人的奋斗、生活和寻找亲情的描述，展示了维吾尔族与汉族一家人的情感，再现了六十年代至今的两代援疆青年人的遭遇和励志援疆的胸怀，并将"香妃"的爱情故事穿插在剧情中，扩展戏剧的诗意，挖掘了维吾尔族与汉族一家的历史渊源。《沙枣花香》写的是祖国民族的情感交融，展现了祖国各族人民爱国爱边疆的情怀。

我也创作了音乐剧《香妃》，将香妃之美提升凝练为仁慈、智慧、优雅、美丽、思乡、爱人之大美。突现了真情、交融、信念和奉献的主题。

四月，春回大地，沙枣花香香溢人间。史诗话剧《沙枣花香》和大型现代民族音乐剧《香妃》，经沪疆两地艺术家共同打造，将在沪疆两地正式上演。令人感喟，也令人欣慰。花树之美，香妃之美，皆为人性之美的葳蕤，愿这真善美，给时下的浮躁和狭隘，带来一种涤荡。

国忠魂

一个共产党人的"良心"、"党性"究竟在哪里？有的人早把这忘却得一干二净了；有的人只视铿锵的豪言壮语为一切；有的人只盯着别人，而却不会扪心自问……

我在南疆一个普通的村官身上，深深地感受到了这两个特别字眼的分量，和这份质地所迸发出的一种震撼人心的情魂。

一、初识刘国忠

那是2012年6月11日，喀什的气候温煦干爽。在泽普的上海援建的职业高中的建设工地检查的空隙，我与刘国忠都站着，做了简单的攀谈。我是听说了他，带点好奇，更是心怀敬佩地主动约他一见的。我这次因为公务，在泽普不能停留太久，便让人请他到这工地相晤。他从数十公里之外的村子特地赶来了。我颇为内疚，只能与远道而来的其实比我更为忙碌的他，匆匆一聊。而有那么十来分钟，我正与现场人员交谈着，而把他暂时"晾"在一边了。

刘国忠，长得精瘦黝黑，七岁随父母来到泽普，生活了50多年。这个普通的老汉很不简单，他在古勒巴格乡科克墩村从一般干部干起，到任村支书，一干二十多年，是村民推选他的。这个村绝大部分都是维族人，只有他与另一农户为汉族。他们和睦相处，视若一家。村子里也从未有人参与过"三股势力"活动，也没有任何信访和刑事或治安事件发生，非法宗教和非法朝觐在这里找不到生存的地方。从他担任村支部书记的十多年，村子贫穷落后的面貌逐步改变。无路到有路，无电到有电，常吃未经处理的苦水，到能喝上洁净甜润的自来水，凝聚了刘国忠多少心血和汗水。村里人均收入也从当初的300元达到了7000元，这是高于全县平均水平的数字，也是真正意义上的脱贫了。年初，因为老伴身体多病，他也过了六十，便想卸下这副担子，但村民们舍不得他，依然是全票推举了他。大伙儿愿意跟着他艰苦创业，跟着他继续勤劳致富，他最终欣然答应了。我问他，他们为何推选你呀。他说他们信任我。我又问，那你又为什么乐意担当呢？他不假思索地回答："因为我相信他们。"信任和真情是他们的纽带，因此牢不可破。科克墩村地处僻远，当年水过不来，电更与他们无缘，他找了乡里找县里，找了政府找企业，终于把水电的问题都解决了。村民们有什么用地矛盾，家庭纠纷什么的，也找他出面协调，他是村民们的主心骨呀！

他的几个孩子都长大成人了，有的在泽普任教，有的在叶城公安上班。小孙子也有了。

他大约是民族村庄里唯一的一个汉族人村支书。握着他的粗糙而温暖的手，我感觉有一种定力。

在这总共二十多分钟的时间里，这个朴实得像一棵村庄里的老树一样的汉子，在我心里烙印深深，令我久久难以忘怀。

二、最美村官上了头条

再次听到刘国忠的大名，是数月之后了。先是获悉他在全国获奖了，不久就在北京和新疆的几大媒体上，读到了关于他的事迹报道。誉他为"最美村官"，他的大名印成泽普灰枣一般大小的字体，位列头版头条。他到北京去领奖了。

我真的为他高兴。也为相关部门的慧眼识人之举大为感叹。眼下太需要这样的典型了，他是新疆人民的"儿子娃娃"，也是全国广大党员干部学习的榜样，他瘦小的身子骨里，有一种精神，是我们这个时代最为紧迫和需要的，也是真正扎根生活，土壤里的一颗闪光生长的种子，虽然，刘国忠本人从未自视傲人的闪光体，他只是凭着百姓对他的无限信任，凭着自己的良心、党性，勤勉而扎实地为大家服务着。他以他的老黄牛的耕耘和奉献，去诚挚地面对这一片殷殷的寄托。

刘国忠出名了。一时，他的事迹广为传扬。但他的形象依然质朴。我所耳闻的他，仍一心扑在村子里，为村里老百姓的事操心劳累，殚精竭虑。任什么也改变不了他的投入和追求。

他是最基层也是最实在的干部，因此他的事迹是最可信，也最难能可贵的。

"最美村官"！这是多么贴切，又是多么光荣的称谓呀，我在心里为他骄傲！我还想，何时到科克墩村去一下，见见村民们，也与他再好好聊一聊！我期盼着。

三、老天也有不公

2013年10月24日晚，我才蓦然醒悟，一年多前的唯一一次与刘国忠的见面，竟是永远的唯一了！我先是从喀什当地一位朋友的微信上获悉噩耗的，我连忙打电话给泽普县领导核实。不久得到确切无疑的回复：刘国忠因发生意外不治而亡！我如五雷轰顶。这样一个好人，多少人寄予他期望，而他心里也始终揣着村民们对他的期盼呀，他怎么竟这么遽然地走了⋯⋯

　　事情就是这样不可思议：当日，他到乡里，参加完乡里的会议，又把村里的事谈好了，自己驾驶了电瓶车，急急赶回村里。也许，他在乡里留宿一夜就平安无事了。他却偏偏要回去。他放不下他的科克墩村和亲人般的村民。后座上坐着他的妻子。也许他是太疲倦了，在通向村庄的一条新建的乡村道路上，他驾驶着车，忽然一头撞向了路边的水闸。妻子安然无恙，他则昏迷不醒，被急送医院抢救，最终医生却回天乏术。

　　他离世的消息迅速传开了，许多乡里乡外的人都向他表示了哀思，村里的人也都怀着悲痛走进他家，许多人久久不愿离去。有几位大妈一连好几天在他院子里不走，总想着帮着为他家做点事。一位维吾尔族大妈哽咽着说："大叔为我们付出了一生心血，我们欠他的，永远还不清⋯⋯"

　　因为工作之故，我无法赶去参加追悼会，我委托有关人员代为表示哀思。心里一直难受着：好人好报，难道这有时仅仅是一种良好的愿望？

　　这些天，网上对刘国忠的悼念也几乎史无前例，有2千多万人次点击，每天还在上升，持续了数月。而且所有的文字无一丝杂音！这是对这位最基层村官的由衷信服和赞叹，也是对这位普通共产党员的最高褒奖！

四、永远激扬的精神

刘国忠走了，但他的精神不死！在泽普、在喀什，在广袤雄阔的新疆大地，学习弘扬刘国忠精神。

那一天汽车行驶在乡村公路上。这是一段新铺的沥青路，宽约7米，长9公里，与村大队部连接处还没砌好。公路两侧，一边是窄窄的水渠，另一边是林地农田。我主动询问刘国忠和科克墩村的事情，随行的当地官员告诉我这条路就是"最美村官"刘国忠多次呼吁建设的，也是他与老伴驾驶电动车骤遇意外之路。这未免令我长久唏嘘感慨。我知道，科克墩村大部分的村民都住上了抗震安居房，他住得依然简陋破旧，屋子里最昂贵的家电也就一架18寸电视和一台用久了的老冰箱。很多人劝他改建住房，他说，他要等那5家贫困户最后都搬进了新房，才会开始改建。那些村民为他长久守灵，为他悲恸万分……

现在接替刘国忠村支书一职的，是乡党委副书记，也是一位汉族干部，他表示，要将刘国忠对村民承诺但未完成的任务，踏踏实实地去做好！这同样实在和感人。

陪同我们的县委书记刘四宏说："县里已决定准备建一个刘国忠事迹展示馆。"我甚为赞同，应该为他建馆宣传，这是为一个平凡人所作出的不凡贡献歌功颂德，也是为促进汉维民族交融的又一次助推。想起两年前曾在泽普与他一聊，其情其景历历在目。他貌不惊人，言语朴实，但全村维吾尔族村民对他的信任和厚爱，让他的眸子有一种独特的闪亮。完全可以相信，这样一个平凡的人，是具有人格魅力的，他用自己的热诚和平常并非惊天动地的一言一行，走进了民族兄弟姐妹的心里。

公路在向前延伸，刘国忠的形象和精神在我脑海不时浮现。我想，这条公路是否就可命名为"刘国忠路"呢？不只是纪念一个人，更是弘扬一种爱国爱民的精神，这种精神在这片土地，太迫切太需要了！

在第七批援疆干部即将结束三年多援疆工作时，大家都希望为自己深深眷恋、依依不舍的第二故乡再留下一点什么。上海援疆指挥部总指挥陈靖同志说，他专门去了科克墩村，刘国忠生前想为乡亲们所做的，还有一些未竟实现，比如村里的活动场所，比如农民的安居房配套……地区也在筹资建设刘国忠纪念馆，我们该做些什么。我们商议指挥部全体党员捐款捐书捐物，以此表达对这位村官的敬重和怀念。指挥部全体人员立马行动，并商定回沪后每年都要安排人，到科克墩去，拜谒刘国忠，也为改善村民生活尽一份绵薄之力……

是的，我将离开西域这片土地了。但三年多的所见所闻令人难忘！这是我生命中的一段可贵经历和至上财富！特别是刘国忠，他心系百姓，脚踏实地，令我们每个人震撼。我们要与无数共产党员一起，以自己实实在在的行动，将这位民族团结的模范、最美的村官之魂，在祖国大地，发扬光大，这是最为宝贵的！

那些令人难忘的事

那一晚，在喀什，在简陋的屋舍里，与喀什文化人一聚，这是令人难忘的，而我提议大家都说一件去年最难忘的事，每一位真情的叙述，同样令人难忘。

行伍出身的李小林开场就充满了悬念。他说有一晚他在QQ上收到一则短信，从短信中获悉是一位女性。她常读他作品，很是喜欢。后来他们开始了短信往来。她问他当过兵吗？他回答是。"那你一定在帕米尔高原待过吧？"他说你怎么知道的呢？"你的作品里有不少生动的描述呀。"他想这是千真万确的。"那你现在好吗？我知道你模样不错的，又有才气，很仰慕你呢。"他笑而未答。有一晚与妻子谈起此事，妻子笑笑，也没生气。之后，又有几次短信回合，他也是不卑不亢。某一天，那女人竟提出想见他，约在一个宾馆里，他觉得挺离谱，便不再搭理她。他笑说自己以前在部队有力量，却无胆量，现在有一点年纪了，是有胆量，却没了力量。晚上又主动与妻子提及，妻子却笑得怪怪的。还与他说笑起来，那口吻竟与那陌生女子十分相近。他蓦然醒悟，盯视着自己的妻子，不容置疑地说，"原来是你在搞鬼呀！"妻子憋不住笑喷了，他恼羞地假打了她一下。

我们也都笑坏了，我提议大家敬他一杯，祝贺他经受了一次妻子的特殊考验。

长发凌乱、不修边幅的喀什市作协主席茹新风，最具有风流文人洒脱不羁的模样了，他说的一则亲历事，让我们对他有些刮目相看。他说那次到深圳，主人盛情款待，他喝了不少酒，都昏昏沉沉了。离席到住处，依稀记得是一位建筑商搀扶着他，其他则酒后失忆了，全忘了。但朦胧中醒来，忽然触碰到一个柔软光滑的身子，他一凛，睁眼细看，竟是一位裸着身子的妙龄女郎，他慌忙坐起，问道："你是谁？怎么进来的？"那女子嗲声嗲气地说，"我是你朋友安排的呀，他把钱都付了，你想怎么玩就怎么玩呀。"说着，就往他身体粘去。他一激灵，板起脸来，大声吼叫着："你给我出去，出去！"他把女人的乳罩、衣衫什么的，都向她扔去。那女人悻悻地出了门，他猛地关上房门，重重地吁了一口气。他说他担心门外就站着几位黑道上的人，等着逮他个现行，敲他竹杠呢！幸亏他酒后依旧保持了足够的清醒。

翌日他问了那位建筑商，那位老板一脸坏笑，听他说了过程，又直叫唤：遗憾，遗憾，太遗憾了！也许他是在疼惜那已付出的钱款吧！

《散文选刊·下半月》执行副主编黄艳秋也说得令人沉思。她说她老家在安徽，她有姐妹七个，只有她在北京。去年一位姐姐来投靠她，因为姐姐突然离婚了。在姐妹中，这位姐姐原本是她们眼中最幸福的一位，至少也是最富裕的一位，姐夫生意做得红火。但没想到，姐夫在外竟有一个情人，相处已达八年之久，还私生了一个孩子！这还是姐姐的儿子在姐夫的手机短信里最先发现的。这对姐姐犹如晴天霹雳。黄主编感叹说："你们在座的都是好男人，对家很珍惜。其实一家人在一起是最幸福的，如果不发生那些出轨的事。"

曾任《喀什日报》总编的潘蒙忠先生是我的浦东老乡，也是一个颇重情义的爽快人，是一个孝子，虽然远离母亲，但总时时牵挂。他说某一日读蒋介石的日记，得悉蒋介石笃信算命，并曾在老家算了一次，说他的归宿是四面环水，果然，他兵败如山倒，退居并长眠在孤岛台湾了。潘先生于是也请人给自己的母亲算命，结果说她母亲可活到百岁。他也甚为相信，她母亲现年已九十有七了，生活在浦东，还常常口齿清晰地和他通电话。我于是建议共同举杯，祝愿她母亲健康长寿，寿比南山。

女作家花妮、建伟兄、李总等也都说了去年难忘的故事。最年轻的肖琳则以自己美丽的歌声，为我们的叙述画上了一个圆满的句号。

我一直被感动着，心潮难抑。多少难忘的事，已留存心底。而我们怀揣着美好的希冀和激情，正拥抱着已经到来的新的一年。那里的时光，必将还会闪烁着令人难忘的波澜壮阔和温暖深情！

草湖人家

因为有草湖派出所李教导员的引路，不费任何周折，就找着了草湖深处老公安干警张新民的新居，一个数十亩的苹果园。

刚迁入不久，苹果园的走道上，零乱地堆放着杂物，不过，园子里的苹果树仍有模有样。虽然三月里，苹果树几乎一叶不剩，已有二十五六年树龄的树木，也多少带点千年胡杨的沧桑和古朴，但树杈依然蓬勃，向天地展示它们的自信和阳光。

多条狗或悠然迈步、或躺卧在地。那条毛色金黄的苏格兰牧羊犬，竟像羊一样温顺，摇尾乞怜的模样。园子里狗比人多。

主人不在。夫人与李教导员挺熟，迎我进门，拿出两盒茶叶罐，征询李教导员的意见，龙井、毛峰哪个好些。李教导员也粗声粗气地说："都可以，人家是上海来的，都见过。"

夫人身体壮实，眉眼里有维吾尔族女人的特点，眼窝深凹，鼻子鹰钩型的。我也以为她是维吾尔族人。但被告知，她是回族人。她说她是马步芳一个干将的外甥女，外公也姓马，叫马元海，网上也查得到。当年她外公因兵败不得不把外婆和母亲遗留在了莎车。上世纪六十年代，舅舅还专程来喀，认领母亲。那时，外婆已经去世，母亲嫁了汉族人。舅舅让她离婚，母亲不依。舅舅怒气冲冲地走了，从此再也没见过。

　　多年后，夫人在兵团农三师43团任护士，嫁给了具有汉族血统的41团的张新民，也转到了41团工作。

　　他们的婚姻全无阻碍。原来张新民的父亲是汉族人，母亲是维吾尔族人。

　　张新民的父亲曾是王震的一个通讯员。母亲是组织安排嫁给他父亲的，这话张新民夫妇没来得及说，是张新民的表哥与我的司机闲聊时透露的。

　　这也算是神奇的家庭了。

　　张新民的儿子进得门来，小伙子黑而健硕，长得像他妈妈。头发剃得几近光洁了，一副眼镜却透出几分斯文。他也不怕生，插哨说："我外婆是回族人，奶奶是维吾尔族人，外公和爷爷都是汉族人！"

　　而他活脱脱巴郎子（维吾尔族小伙子）的模样儿。

　　正攀谈间，张新民回家了。

他是被从苹果园叫回来的。正是果树大忙时节，开埂、锄草、剪枝……，他在田头忙乎着。

只抿了口茶的功夫，就感觉到这位汉子的爽直脾性和热情好客。再聊了几句喀什的维稳局势，他的政治水平和一番观点都让我刮目相看，他说："在这里，基层政权建设太重要了，"我也毫不避讳地表露了自己的赞赏："你说得太对了，很有见地呀！"

其实是我实在太小觑人家了。他14岁当兵，转业后一直在公安部门工作，退休时也是公安处的一个正科级干部哩！

还让我惊奇的是，他写诗，写对照。

夫人从里屋拿出一本笔记本，诗写了好几页，钢笔字体写得工工整整的。有一则对联是他自身写照：情洒盖河两岸坦荡人生五十载大爱无疆，名扬喀什大地驰骋警界二十年铮铮铁骨。

这与黑脸膛，粗身材，衣衫沾满尘土的他，还真不相匹配。

更令我惊讶的是，他一开始只说上海有他的战友，他们有的在徐家汇、有的在闵行区、有的在黄浦区……他还为老排长春节前寄过剔骨的全羊，后来吐露，在上海待过，差点就一直待在那儿了！而这缘于上海知青对他的关爱。

他对上海充满真挚的感情。上海知青多半从事中小学教育，他就是他们教大的，学到了开放、胸怀和知识。他们还时不时给他送衣送鞋的。他的父母当年也常常邀请知青到家吃饭，打打牙祭。

那年上海知青返沪，也把他带回去了。他待了有一年多，他很健谈，一口流利的普通话。起先坐在桌前的板凳上，后来紧挨着我坐在了沙发上。

这汉子的神情话语，让我不由地回想起了我时常思念的一个长辈。虽然，他只比我大七岁，但那种熟悉的亲切和关爱感，却是如此浓烈。

草湖，他说原来是一片芦苇荡。

清朝年间，又一个姓马的道台，将这片土地视为自己的花园，夏天常来此避暑。新疆解放，兵团战士放下武器，拿起了坎土曼，在这里开垦创业。沧海桑田，如今这里粮食满仓、工农商学兵、五湖四海汇一流。

他说他们是草湖三代人了。

他母亲，八十多岁了，身子骨还很健朗。

他完全是汉族男子的模样。他说他们家吃猪肉，夫人也吃，没有忌口。

他怀念他们当年汉维孩子们无拘无束、嬉戏玩耍的那个年代。

他说他们兵团，他们草湖这里很安全，你得空再来，四月苹果树就要开花了，来这里尝尝我们的土鸡和鱼虾。

他还让夫人去大老远的地方取苹果，这苹果确实又香又甜，他硬要让我带一些回去，让同事们品尝……

　　我记住了他们。主人，张新民，夫人，虎玉梅。都只有一个汉族人的名字，却流淌着多民族的血。

品味"五道黑"

在乌鲁木齐的一条偏僻小街，拐进临街的店面，步上一个窄窄的楼梯，就看到一个显得太过平常的小饭店，友人说，这里是品尝"五道黑"的好地方，吃了你一定难忘。我起初有点不相信，直至品尝了，才真知这"五道黑"的鲜美。

服务员端上一盘清蒸鱼。这条鱼呈长椭圆形状，体侧稍扁，肉体丰厚，头小身宽。我特别注意了它的光溜溜的身子，还真有深黑色的横斑，数了一下，竟有7条，粗细不等，在棕褐色的肉身中显得清晰突出。自然腹部是白色的，清蒸之后，肉也是嫩嫩的，因为清蒸，还撒了些许孜然，在孜然香味的伴随下，肉味也是细腻而富有口感的。

我详细询问了友人和服务员，得知这个餐厅的"五道黑"来自新疆内河额尔齐斯河。这是一种生长比较缓慢，个体也比较弱小的鱼类。我们品尝的这条"五道黑"，一斤左右，一般较大的也不过1斤7两至8两，在植物丛生的河流中繁殖衍生，主要以食浮游生物和小型鱼类为主，繁殖力比较强。据介绍，这些年，新疆的一些河流、湖泊养殖了这种鱼类，包括像海一样博大的博斯腾湖，也大量养育这种鱼类，人工繁殖的数量逐年增加。很多疆内外的游客也都到乌鲁木齐或博斯腾湖畔品尝这肥美的鱼。食法大多以烧烤为主。在红柳木的烧烤下，鱼香十分诱人，吃在嘴里也是愈嚼愈香。

说话间，服务员又端上了一盘五道黑，这回是红烧的，虽然酱油汁偏多了一些，也加了不少胡椒、花椒、红尖椒，对我这南方人来说，还真有点承受不了。但五道黑的肥美依然在舌尖张扬。

后来听说，五道黑又叫赤鲈鱼，属冷水鱼，也是新疆的一道名吃。友人说，下次到疆，一定给我安排一个"五道黑"宴。呵呵，这下我更期待了。

图书在版编目（CIP）数据

寻找生命的感动 / 安谅著. —— 南昌：百花洲文艺出版社，2016.1

ISBN 978-7-5500-1602-6

Ⅰ.①寻… Ⅱ.①安… Ⅲ.①散文集–中国–当代 Ⅳ.①I267

中国版本图书馆CIP数据核字(2015)第295342号

寻找生命的感动

安谅 著

出 版 人	姚雪雪
责任编辑	安姗姗 朱 强
书籍设计	彭 威
制 作	周璐敏
出版发行	百花洲文艺出版社
社 址	南昌市红谷滩新区世贸路898号博能中心A座20楼
邮 编	330038
经 销	全国新华书店
印 刷	江西千叶彩印有限公司
开 本	720mm×1000mm 1/16 印张 13.75
版 次	2016年1月第1版第1次印刷
字 数	130千字
书 号	ISBN 978-7-5500-1602-6
定 价	26.00元

赣版权登字 05-2015-448

邮购联系 0791-86895108

网 址 http://www.bhzwy.com

图书若有印装错误，影响阅读，可向承印厂联系调换。